KB0021948

서재의 등산가

김영도 지음

서재의 등산가

산은 우리에게 무엇인가

등산은
산이 높을수록
오르기 힘들수록
매력이 있다.

일러두기

1. 이 책은 여러 매체에 기고한 글을 수정하고 보완한 내용이 포함되어 있다.
2. 인명은 처음 나올 때 원어를 병기하되, 널리 알려진 경우에는 생략했다.
3. 번역되지 않은 도서는 처음 나올 때 원 제목을 번역해 표기하고, 번역된 경우에는
   번역서 제목을 표기했다. 원제는 '이 책에 나온 산서' 부분에 밝혔다.
4. 책은 《 》, 잡지와 신문, 단편은 〈 〉, 영화는 『 』, 노래는 「 」로 표기했다.
5. 지명, 인명 등 고유명사는 한국산악계에서 표준이 된 표기를 따랐다.

산은 우리에게 무엇인가

얼마 전, 일본의 중견 산악인이 겨울 시즌 한국에 와서 빙벽 등
반을 하고 싶다는 말을 했다. 산이 많고 높고 계곡이 깊은 나라
인데도 일본에는 그럴 만한 곳이 없다는 이야기였다. 나는 빙벽
등반을 해본 적이 없으나 그런대로 그 세계를 안다. 우리나라
의 토왕성폭포나 대승폭포, 소승폭포는 겨울 한철 아이스클라
이머들이 즐겨 찾는 곳이며, 인공빙장도 자랑할 만하다. 멋지고
시원스러운 이야기다. 그런데 오랜 세월 성황을 이루던 등산학
교에 최근 들어 수강생이 눈에 띄게 줄었다고 한다. 모두 어디
로 갔을까.

히말라야에 알피니스트가 가지 않고 그린란드가 물바다로 바
뀌면서 인간이 산에서 멀어지는 것 같아 마음이 아프다. 우리
산악계에서 한동안 활발했던 등로주의 이야기가 이제는 들리지
않는다. 시대가 바뀌고 있다는 이야기다. 그러나 산은 우리에게
무엇인가라는 물음은 인생의 문제와 마찬가지로 여전히 남아
있다. 알 듯하면서도 간단히 풀리지 않는 물음이다. 물론 사람들

은 산을 찾고 암벽이나 빙벽에 달라붙는다.

오랜 세월 나는 선구적인 알피니스트들의 책을 탐독하고 번역해왔다. 얼마 전에는 여성으로서 세계 최초로 황금피켈상을 받은 일본 클라이머의 평전에 끌리기도 했다.

사람은 저마다 내일을 바라본다. 인생이란 미래지향적이라는 말이다. 높은 곳을 지향한다는 점에서 인생과 등산은 일란성쌍둥이라고 할 수 있다. 굳이 크리스 보닝턴Chris Bonington의 예를 들지 않아도, 등산가는 산을 오르고 또 오른다. 손경석이《산 또 산으로》라는 책을 썼는데, 등산가는 바로 그런 존재다. 등산이 생계 수단은 아니지만 그 생활이 언제나 산과 연계되어 있다는 말이다.

가을이 깊어가던 지난 10월 하순, 산악 연구를 주제로 한 세미나가 열렸다. 표고 2,000미터도 안 되는 저산지대인 한국에서 산악 연구라는 말이 어색했지만, 무슨 이야기가 나올지 일종의 기대감도 있었다. 결론다운 결론이 없었지만, 발표자가 '백두대간 종주를 투어리즘으로 발전시키는 문제'를 꺼낸 것은 다행스러웠다.

오늘날 우리 사회는 풍요로울 대로 풍요롭다. 그러나 미래는 항상 불투명하다. 기상이변만이 아니라 정치와 경제, 종교에 이르기까지 혼란과 분쟁에서 헤어나지 못하는 것이 현실이다. 이런 변천과 전환기에 알피니즘도 예외가 아니다. 모험과 개척의 시대는 사라졌고, 오늘날 알피니즘은 하나의 이벤트로 전락하고 있다. 상업주의 원정으로 히말라야가 투어리즘의 무대로 변하면서 알피니스트의 발길이 그곳에서 멀어졌다. 한편 스포츠클라이밍이 유행하고 오토캠핑이 성황이다.

국립공원은 날로 휴양지와 유원지로 바뀌고 있다. 히말라야 트레킹trekking이나 알프스 반데룽Wanderung, 백패킹 또는 하이킹은 그런대로 건전한 일이지만, 젊은이들이 고산에서 멀어진다면 시대의 비극이나 다름없다. 도전과 극복이라는 귀중한 인생 체험을 언제 어디서 경험할 것인가. 산이야말로 행동할 수 있는 무대이며 사색에 잠기게 해줄 장이다. 오랜 등산 역사가 이 사실을 말해주고 있으며 그 무대인 대자연은 늘 알피니스트에게 삶의 근거지였다.

"등산은 끊임없는 지식욕과 탐구욕과 정복욕의 소산"이라는 폴 베시에르Paul Bessière의 말에는 등산의 정수가 담겨 있다. 육체적 노동을 통해 정신적 고양에 이르는 과정이 등산이라는 것이다. 표고 1,708미터의 설악산 정상에 오른 사람들이 만세를 외치는 것만 봐도 분명하지 않은가. 이런 논리나 관점을 시대적 착오로 본다면 그것이야말로 안타까운 인생인 셈이다.

그렇다고 인생을 고답적으로 여길 필요는 없다. 오히려 등산을 더욱더 생활의 연장으로 삼아야 하는 시대다. 주어진 자연조건이 열악해도, 우리는 그 속에서 얼마든지 살아갈 수 있다. 멀리 알프스나 히말라야까지 갈 것도 없다. 적설기에 설악산 서북주릉에 가보라. 가장 손쉽고 누구나 할 수 있는 산행의 하나지만, 만일 풍설을 만나고 비박이라도 하게 된다면 행복한 등산가가 될 것이 틀림없다.

누구나 조건과 한계의 제약 속에서 산다. 그 점을 가장 뚜렷하게 드러내는 것이 바로 등산이다. 내일을 모르는 게 삶이며, 그런 의미에서 인간은 누구나 불안을 안고 살아간다.

일반적으로 등산가는 세속적 공명이나 영리와 거리가 멀다. 언제나 수려하고 장엄하며 고고한 자연을 바라보는 까닭이다. 자연이야말로 등산가가 동경과 의욕과 정열을 품고 있는 대상인 셈이다. "등산가는 누구나 산속에 자기의 고향을 가지고 있다." "나는 가지고 싶은 것이 없다. 내게 필요한 것은 자유뿐인데, 그 자유가 내게는 있다." 이런 말은 등산가에게만 들을 수 있다. 그러나 산은 등산가만의 점유물이 아니다. 발터 보나티Walter Bonatti가 "산은 산에 가는 사람의 것"이라고 잘라 말했는데 나는 인간의 생존 조건을 이런 데서 찾고 싶다.

산의 매력은 그 자연성에 있다. 인간이 침윤浸潤하지 않은 천연자연 이야기인데 그런 뜻에서 오늘의 설악산은 산이 아니다. 산에 가는 사람의 안전을 보장한다며 곳곳에 인공시설물을 설치했다. 1950년대에 손경석은 설악산을 천불동으로 초등했다고 자신의 이력서에 남겼다. 당시 천불동은 심산유곡이어서 만고의 정적에 잠겨 있었을 것이다. 저산지대의 최고봉도 아닌 설악산의 옛 모습이다.

그 설악산은 지금 어디에 있는가? 설악산의 영원한 이미지는 대청에서 바라본 용아장성과 공룡능선의 장엄한 모습이다. 그리고 서북주릉의 길고 긴 능선길이다. 히말라야나 그린란드 같은 극지와 다른 체험의 세계다. 우리나라 저산지대에도 그만한 무대가 있으며 결국 산은 우리가 어떻게 만나느냐에 달려 있다.

차례

1부

산은 멋지다

2부

자유 그리고 자연

1부

·

산은 멋지다

새해가 밝았다

작심삼일이라는 말이 있다. 무엇인가 한번 해보려고 마음을 먹
는 것은 멋있고 아름답다. 몽상이란 원래 실현을 예상하거나
전제로 하지 않으며, 그저 꿈을 꾸는 것도 멋진 일이다. 도대체
꿈을 모르는 인생처럼 삭막한 것이 있을까. 나는 가진 것이 없
어 언제나 꿈속에서 살다시피 했다. 몽상은 내 것이고 자유스
러우니 그것이 가능했다. 이룬 것도 별로 없지만, 마음은 늘 흡
족했다.

내가 사는 곳은 평범한 아파트지만, 바로 앞에 수락산이, 멀리
도봉산이 보여 좋다. 드넓은 정원 같다. 중국 작가 임어당의 "명
창정궤明窓淨几"라는 말이 있다. 서재는 아파트의 북향이고 책상
에는 물건들이 잡다하게 널려 있으니 밝은 창과 깨끗한 책상과
는 거리가 있다. 그러나 나는 여기서 꿈을 꾸며 살고 있다.

예전에 〈배낭 속의 단편〉이라는 글을 쓴 적이 있는데, 요는 산
에서 읽을거리를 챙긴다는 이야기다. 산속에 텐트를 치고, 저녁
에 모닥불을 즐기다 밤이 깊으면 침낭에 들어가, 좋아하는 단편

같은 것을 읽으며 잠을 청한다는 이야기다.

무엇을 읽을까. 읽고 또 읽어도 재미있는 글이 적지 않다. 알퐁스 도데의 《별》과 《아를의 여인》, 에드거 앨런 포의 《검은 고양이》와 《어셔가의 몰락》, 오 헨리의 〈크리스마스 선물〉과 〈마지막 잎새〉도 좋다. 헤밍웨이의 《노인과 바다》는 좀 길다. 나는 짧은 플롯에 담긴 아이러니와 해학과 페이소스를 좋아한다.

언젠가 프랑스 파리 교외의 불로뉴 숲에서 도데를 읽는다는 글을 보았는데, 어쩌면 그 장소에 그 명작인가 싶었다. 그래서 나도 한번 시베리아 타이가에 천막을 치고 안톤 체호프의 단편 〈시베리아에서〉를 읽으면 어떨까 생각했다.

시베리아는 어째서 이렇게 추운가?
신의 은총일세.

마부와의 이런 대화로 시작되는 체호프의 여행기는 내 마음을 사로잡았다. 잎이 떨어져 가지가 앙상한 숲속에 천막을 치고, 사모바르에 커피를 끓여 마시며, 차이콥스키의 교향곡이라도 들으면 어떨까. 투르게네프도 좋으리라.

근자에 삼십 대 여성이 찾아왔다. 변호사였다. 내가 쓴 시베리아 타이가 이야기를 읽었다며, 언젠가는 한번 가보고 싶다고 했다. 젊기도 하지만 남달리 바쁘고 고달픈 직업 때문에 그런 생각이 들었을까. 등산학교를 이미 두 곳이나 나왔고, 산서에도 빠져

들고 있었다. 어쩌면 전혀 다른 세계라서 눈이 갔는지도 모른다. 정말 보기 드문 젊은이였다. 한번은 괴테의 《빌헬름 마이스터의 수업시대》에 나오는 「미뇽의 노래」를 이야기했다.

그대는 아는가 레몬 꽃 피는 나라를
잎의 그늘에 오렌지가 무르익고
푸른 하늘에서 산들바람 부는 ……

요즘 젊은이가 그런 책을 읽을 리 없는데, 그녀의 생활 세계는 그토록 다양하고 넓었던 모양이다. 나는 〈대화가 그립다〉라는 글을 등산 잡지에 쓴 적이 있는데, 바로 그런 대화 상대가 나타난 듯해서 기뻤다.

하이데거의 말대로 인생은 '내던져진 것'이나 다름없으니 우리는 인생을 스스로 헤쳐 나갈 수밖에 없다. 산악인은 조금 남다르다. 우리는 스스로 고생을 사서 그 속에 뛰어들어 즐기고 있다. 언젠가 한 여성이 한반도 남단 금정산에 올라 그 길로 멀리 북녘 휴전선까지 발걸음을 내디뎠다. 76일간 태백산맥 단독 종주라는 과제를 스스로 안고 시련 속에 뛰어든 것이다. 그리고 《하얀 능선에 서면》을 썼다. 책다운 책이 없던 암울한 시대에 너무나 멋지고 빛나는 일이다.

묵은해가 지나고 새해가 밝은 지도 달포가 된다. 사람들은 새해 첫 해돋이를 보겠다고 산으로 바다로 몰려갔으리라. 멋진 인생들이다. 새해란 생각하기에 달려 있다. 시간의 연속이고 계절의 자연적 추이니 굳이 새해를 달리 이야기해야 할까. 새삼 송년회니 신년회니 하지만 지난날과 앞날을 생각하는 계기로 삼는 일일 뿐이다. 그러나 새해에 무엇을 할 것인가는 평범하면서도 심오한 과제다. 그런 생각 속에 앞날이 있지 않을까?

서재의 등산가

4월이 오면

4월이 오면 T. S. 엘리엇의 시가 언제나 떠오른다. "4월은 가장 잔인한 달, 죽은 땅에서 라일락을 피우고"로 시작되는 장시다. 1945년 광복을 맞아 나는 단신으로 38선을 넘어 서울의 대학에 들어갔는데, 그 무렵 엘리엇을 만났다. 새 시대가 열렸지만 살아갈 길이 막막하고 암담했다.

4월이 오면 마을마다 개나리와 진달래가 피고, 야산이 온통 진달래로 물들던 기억이 난다. 당시 사회가 어지럽고 나라가 가난했어도 이 계절만큼은 언제나 아름다웠다. 진달래 하면 떠오르는 것이 소월의 시다. "영변에 약산 진달래꽃 아름 따다 가실 길에 뿌리우리다." 봄의 찬가가 아니지만 이 시 역시 엘리엇과 같은 무렵에 알았다. 고학하며 고생하던 1940년대 후반 어느 4월이었다. 그때까지 일본어 세계에서 살아오다 비로소 우리말을 읽고 쓰기 시작한 무렵이어서 더욱 마음에 와닿았으리라.

우리나라는 국토의 70퍼센트가 산악지대지만 온통 낮은 산뿐이다. 물론 산은 낮아도 한겨울에 눈이 깊고 바람과 추위도

대단하다. 에베레스트 원정에 대비해 표고 1,708미터의 설악산에서 대원들과 동계훈련을 하다가 나는 눈사태로 젊은이 셋을 잃었다. 자연은 이토록 엄하고 무섭다. 그런데 그런 자연이 봄철을 맞으면 그렇게 아름다울 수가 없다. 가을 단풍도 예쁘지만 봄꽃에 비할 바가 아니다. 낮은 데는 진달래, 높은 데는 철쭉으로 산 전체가 붉게 물든다. 북한산에는 진달래 능선이라는 곳도 있다. 긴 능선 전체가 한동안 진달래로 덮이다시피 한다. 오죽하면 진달래 능선이라고 불렀을까. 사람들은 흔히 백운대나 인수봉을 북한산의 대명사로 여기나 이 능선을 모른다면 북한산을 안다고 할 수 없다.

봄이 산 전체를 진달래와 철쭉으로 덮다시피 하는 일은 지구상에서 우리나라밖에 없을 것 같다. 흔히 히말라야 트레킹이니 알프스 반데룽이니 하지만, 우리나라 낮은 산 같은 정취는 어디에도 없다. 일본의 자연 조건은 우리와 달라 곳곳에 온천과 고원과 꽃밭이 있으며, 크고 작은 호수들이 있다. 숲도 깊고 산도 높다. 그런데 그들에게는 봄이 되어도 마을마다 피어나는 개나리와 진달래, 그리고 야산을 덮다시피 하는 철쭉이 없다.

나는 이십 대 시절을 잊지 못한다. 무턱대고 앞만 보고 달리던, 철없고 어지럽던 시절이었다. 그런 4월에 엘리엇과 소월을 만났고, 한편 개나리와 라일락을 알았다. 그리고 산악인으로 살아오는 동안 봄 한철 야산을 덮는 진달래와 철쭉의 아름다움을 절감하게 되었다.

산의 팡세

산의 팡세는 산의 수상隨想이다. 즉, 산에 가며 보고 느낀 것을 그대로 적는 글이다. 팡세pensées는 프랑스어로, 알프스에 피는 제비꽃과 수상이라는 두 가지 뜻이 있는데, "사람은 생각하는 갈대"라는 말로 널리 알려진 파스칼의 명상록 원제가 바로 'Pensées de Pascal'이다.

수상은 논문이 아니어서 이론을 늘어놓을 필요가 없다. 그렇다고 소설 같은 창작물도 아니다. 그저 보고 느낀 대로 담담하게 써 나가면 그만이다. 수필隨筆이라는 말은 그래서 나온 셈이다. 세상에는 수필을 쓰는 사람이 적지 않다. 서점에 가면 수필에 관한 월간지들이 있는데, 그 속에 나오는 글은 어딘가 수필을 위한 수필 같아서 읽는 맛이 안 난다.

글은 사람이라는 말이 있는데, 요점은 필자의 인간성에 달려 있다고 나는 본다. 소월의 〈진달래〉와 〈왕십리〉는 언제 읽어도 좋고, 황순원의 소설 〈소나기〉 역시 멋진 글이다. 모두 작가의 티가 보이지 않고, 물이 흘러내리듯 잔잔한 향수가 느껴진다.

나는 중국 당나라 시인들을 좋아하는데, 특히 "공산불견인空山不見人"이니 "유연견남산悠然見南山"이니 하는 글귀에 그렇게 마음이 가고, 당대의 왕유나 그 이전인 도연명의 넓고 맑은 기품에 끌린다. 그런데 무명의 산악인들도 자기 세계를 견지하는 멋진 글들을 이따금 내놓는다.

나는 가지고 싶은 것이 없다.
내게 필요한 것은 자유뿐인데,
그 자유가 내게는 있다.

언젠가 독일 등산 잡지에서 본 글인데 여기 더 담을 것이 없다. 그저 간결하면서 완벽하다.

그날 밤 그들은 조용한 호숫가에서 야영했다. 대자연의 고요가 점차 깊어가자 랄프는 텅 빈 대성당에 홀로 앉아 있는 듯한 느낌이 들었다. 그때 그는 일찍이 느껴본 적이 없는 마음의 평화와 환희를 얻었다.

깊은 산을 가다 야영하는 일은 흔히 있는데, 그때의 정경을 이렇게 묘사하기도 쉽지 않다. 이 필자는 알려진 산악인이 아니지만 감성이 남달리 뛰어나다. 그런데 저명한 문인의 글은 뛰어나고 흠이 없어도 너무 꾸민 것이 눈에 띈다. 산에 가면 아름다

서재의 등산가

운 숲과 자주 만난다. 특히 늦가을이나 초겨울에 자작나무와 낙엽송 숲이 자아내는 정경은 그야말로 아름다움의 극치다.

용평리조트가 생기기 전에는 '제3 슬로프'라는 스키장으로 가는 길에 낙엽송 숲이 있었다. 그리고 양지바른 곳 한가운데 소박한 산장이 있었고, 그 앞에 와이어바인딩이 달린 스키들이 세워져 있었다. 한 폭의 그림이었다. '픽처레스크'니 '피토레스크'라는 말이 입에서 절로 나왔다. 서양 글에서 흔히 볼 수 있는 '그림처럼 아름답다'는 말이다.

산에 관한 수필의 생명은 간결하면서 소박한 것이라고 생각한다. 서구 등산가 중에는 이렇다 할 학문을 닦은 적 없으면서도 글이 뛰어난 사람들이 적지 않다. 헤르만 불Hermann Buhl, 가스통 레뷔파Gaston Rebuffat 그리고 후년에 와서 조 심슨Joe Simpson이 특히 그렇다. 문장을 잘 다듬는 자질보다는 긴 세월 어려운 시련 속에서 다져진 남다른 감성이 그들 글의 생명이었는지 모른다. 바로 진솔과 소박과 진실이다.

우리는 폭풍 소리를 들으며 침낭 속에 들어가 나란히 누웠다. 양초 불빛은 텐트 벽 색깔을 따라 빨간색과 녹색으로 변했다. 조의 물건들이 텐트 구석에 아무렇게나 밀쳐져 있는 것이 보였다. 나는 전날 밤의 폭풍을 생각하고 몸을 떨었다. 그때의 영상은 내가 잠들 때까지 남아 있었다. 저 위는 얼마나 추울까. 눈사태가 쏟아져 얼음 절벽 밑의 크레바스를 채우고 있을 것이다. 조를 묻으면서……. 나는 꿈도 꾸지 않고 깊은 잠 속으로 빠져 들어갔다.

조 심슨의 《허공으로 떨어지다》에 나오는 장면인데, 그들이 처한 극한 상황이 그대로 느껴진다. 등반기에는 이런 묘사들이 나오기 쉬운데, 글에 언제나 꾸밈이 없고 과장된 것이 없다. 그저 진솔하고 담담하다. 사실 산악인의 세계는 서정적이고 심미적이기에는 너무나 절박하다.

에베레스트 원정 때 나는 여러 날을 대자연 속에서 보냈다. 그렇다고 매일 산을 오르내리는 것도 아니고, 캠프에 있는 시간이 많았다. 보기에 한없이 무료했을 것 같지만, 평소 즐기던 음악도 독서도 잊은 채 지냈다. 대원과 셰르파 들의 동정을 늘 살피고, 하늘을 쳐다봐야 했다. 마음은 불안하지 않았지만 잠시도 긴장을 풀지 못했다. 그런데 대원들은 시간만 나면 주방 텐트에서 셰르파들과 잡담을 나누며 즐거워했다.

나는 텐트에서 혼자 일기를 쓰곤 했는데 수필 같은 것은 한 편도 쓰지 못했다. 산의 수상은 간단한 듯해도 쓰기가 쉽지 않다. 나는 마음이 한가롭지 않고 늘 신경이 쓰였다. 느닷없이 에베레스트 원정에 나서다 보니, 머릿속은 오직 8,848미터뿐이고 모든 것이 새롭고 환상적이었다.

나는 선구자들의 발자취를 생각하며 글을 써서 남겨야겠다는 생각이 들었다. 인생을 굳이 어렵게 생각할 것도 없다. 주어진 환경과 조건 속에서 사는 수밖에 없다. 따라서 에베레스트를 다녀오며 내 인생은 방향이 크게 바뀌었다. 산의 팡세는 글 장난이나 취미가 아니라 바로 산악인 본인이 간 길이며 남들과 다른 자기 생활 기록이다.

여름을 이렇게 지냈다

입추가 되었는데도 찜통더위가 기승을 부렸다. 남들은 산으로 바다로 가지만 나는 바람도 없는 아파트 한구석에서 책 속에 파묻혔다. 에베레스트와 K2에서 살아 돌아온 이야기를 쓴 원정기다. 원정기는 흔한데 대체로 내용이 빈곤하다. 그런데 이번에 읽은 책들은 조금 달랐다.

곽정혜의 《선택》은 스물여섯 청춘의 에베레스트 체험기로, 필자의 말을 빌리면 10년 전 에베레스트에서 이미 죽었다는 인생 드라마 이야기이며, 김병준의 《K2: 하늘의 절대군주》는 등정 30주년을 맞은 당시의 기록이다. 공교롭게도 《선택》의 출판기념회와 K2 원정 30주년 모임이 같은 8월에 있었다. 에베레스트와 K2는 세계 최고봉 1, 2위로 새삼 화제로 삼을 것도 없지만, 우리나라에서는 당시가 히말라야 개척시대나 다름없었다. 곽정혜와 김병준의 책은 그 무렵 이야기이다.

히말라야의 고봉 도전은 처음부터 가혹한 시련을 예상하고 전제로 하며, 원정기란 그런 과정의 기록이다. 그러나 그런 체험

서재의 등산가

기는 그다지 많지 않은데, 이번에 읽은 두 책은 내용이 진부하지 않을뿐더러, 극한의 시련을 넘어선 인간적 갈등이 대단히 이색적이었다.

에베레스트에서 한쪽 손가락을 모두 잃은 곽정혜는 "2006년 5월 18일, 나는 죽었다."라고 선언했다. 나는 《선택》의 첫 문장인 이 한마디에 압도됐다. 그녀는 죽지 못해 내려오다 자기 한계에 부딪혀 추락했다. 그리고 이름도 죽음의 지대인 8,000미터 고소에서 의식을 잃었고 마침 에베레스트를 오르던 우리나라 중동고 원정대 일행의 눈에 띄었다.

알피니즘 세계에는 '8,000미터 고소의 윤리'라는 불문율이 있다. 죽음의 지대에서는 남을 돕거나 도움을 받지 않는다는 이야기다. 비인간적이고 비도덕적인 듯하지만 히말라야에 도전하는 자의 자세는 그래야 한다는 당위론이다. 히말라야 자이언트 완등을 눈앞에 두고 안나푸르나에서 눈사태로 사망한 아나톨리 부크레예프Anatoli Boukreev는 "남의 도움을 기대하는 자는 에베레스트에 오를 자격이 없다."라고 잘라 말했다. 곽정혜는 그런 시련을 겪었는데, 후회하지 않고 언제나 웃는다.

어째서 에베레스트가 그토록 그리웠을까? 《선택》은 표제부터 내 마음을 사로잡았다. 책이 날로 사라지는 디지털 시대에 《선택》이 나왔다. 배금주의와 물질만능주의가 득세하는 오늘날, 《선택》과 같은 인생이 있다는 것에 나는 무한한 행복과 삶의 보람을 느낀다.

김병준의 《K2: 하늘의 절대군주》는 어떤가? 필자는 1977년 에베레스트에서 같이 고생한 젊은이였는데, 당시 나는 그의 앞날을 내다보지 못했다. 대원들은 에베레스트에서 돌아와 각자 자기 길을 갔다. 그런데 김병준은 달랐다. 산악계를 떠나지 않고 글도 쓰며 자기의 길을 갔다. 1984년 외대산악회 바룬체 원정대로 히말라야 7,000미터급 봉우리를 알파인 스타일로 도전했다. 그리고 드디어 1986년 K2 원정에 나선 것이다.

이때 히말라야 등산 역사에서 보기 드문 양상이 연출됐다. K2에 느닷없이 아홉 개의 원정대가 몰려들어 대부분 소수정예 스타일로 도전하다 거의 모든 팀에서 희생자가 속출했다. 고소 포터를 합해 13명이 조난사하는 일대 참사 속에서 한국 팀은 사고도 없이 셋이나 정상에 섰고 다른 팀의 조난자들을 돕기까지 했다.

7월 무더위 속에서 나는 우리나라의 K2 원정이 30주년을 맞이했다는 소식을 듣고 바로 김병준의 원정기를 펼쳤다. 예전에는 그대로 넘어갔던 장면들이 생생하게 눈앞에 펼쳐졌다. 에베레스트 체험이 있어서 감정이입이 빨랐던 셈이다. 김병준 원정기의 특색 중 하나는 오스트리아 팀들과 조우한 이야기다. 드문 체험인 셈인데, 이 도전은 결국 한국 원정대의 위상을 높이고, 그 장면들이 비로소 외국 원정기에 소상하게 실리는 계기가 되었다.

다행히 나는 그 외국 원정기들을 가지고 있어서, 김병준 원정기가 돋보이기까지 했다. 외국 원정기란 오스트리아의 빌리 바우어Willi Bauer가 쓴 《K2: 빛과 그늘》과 쿠르트 딤베르거Kurt Diemberger의 《K2: 꿈과 운명》이다. 특히 딤베르거는 헤르만 불과 함께 활약한 세계적인 알피니스트로 책도 여러 권 썼다. 그런데 이 두 사람은 같은 오스트리아인이면서 팀이 달랐다. 이들은 K2에서 빈사 상태로 쓰러졌는데 우리 원정대가 발견하고 살렸다. 폴란드의 유명한 예지 쿠쿠츠카Jerzy Kukuczka도 한국 원정대가 아니었다면 어떻게 되었을지 모른다.

한편 발토로 빙하 이야기도 재미있었다. 에베레스트의 쿰부 빙하와 비교가 안 되는 별세계로, 비토리오 셀라Vittorio Sella의 사진집에서 발토로를 보고 나 혼자 상상의 나래를 폈다. 즉, 거기를 가며 비박하고, 주위 영봉들의 아침저녁 노을과 밤의 별 하늘을 머리에 그려보기도 했다.

원정기에는 공격조 3인의 등정 후 하산 이야기가 자세히 나와 가슴을 설레게 했다. 에베레스트보다 어렵다는 K2의 하산길에서 그들은 서로 로프로 묶지 않고 각자 능력껏 행동했다. 나는 지난날 데날리에서 고상돈 일행의 하산을 생각했다. 경우에 따라 다르겠지만, 그런 때의 로프 연결은 위험하기도 하다.

K2에서 한국 원정대는 빈틈없는 작전으로 멋진 결과를 성취했는데, 모든 과정이 《K2: 하늘의 절대군주》에 소상하게 나온다. 그 길고 긴 이야기가 대장의 글로 시종됐다면 편견은 면키 어려울 수도 있겠으나, 대원들의 편지와 일기가 사이사이에 있어서 전체에 생동감을 주는 것도 이 원정기의 특색이다.

올여름 무더위 속에서 이들 원정기를 들춰보며 오스트리아
의 두 원정기가 우리나라에 소개됐더라면 한국 원정대의 모습
이 더욱 객관성을 얻고 우리 대원들이 얼마나 좋아했을까 아쉬
웠다. 한편,《선택》이 외국에 알려졌으면 하는 바람이 남아 있다.
아직은 우리나라 문화의 한계가 있다.

서재의 등산가

조 심슨의 책을 다시 읽다

많은 산악 도서 가운데 다시 읽고 싶은 것은 많지 않다. 그러나 조 심슨의 《허공으로 떨어지다》는 손이 자꾸만 간다. 이 책은 처음에 《친구의 자일을 끊어라》라는 제목으로 번역되어 나왔다. 그때 나는 흥미를 느껴 곧장 영어로 된 원본을 구하고 이어서 독어판도 구했다. 결국 이 책을 세 가지 판으로 읽은 까닭은 심슨이 겪은 무서운 시련에 그대로 끌려서였다. 이 책을 우리말로 옮긴 정광식이 어떻게 해서 심슨과 만났는지 알고 싶었지만, 안타깝게도 그는 불의의 사고로 갔다.

조 심슨의 책이 우리에게 알려진 1990년대 초에는 우리에게 산서다운 것이 거의 없었다. 그 무렵 정광식은 아이거 등반기 《영광의 북벽》을 쓰고, 미국의 등산 교본 《등산: 마운티어니어링》을 번역했으며, 이어서 심슨의 이 책을 옮겼다. 그는 당시에도 정말 보기 드문 산사나이였다. 외국 서적 번역에는 언어가 문제가 아니다. 특히 등반기는 본인이 산악인일 때 비로소 제대로 번역 가능한데, 우리 주변에 그런 조건을 갖춘 사람이 별로 없었다. 지금도 그 사정은 여전하며, 그런 점에서 정광식은 남다른 존재였다.

조 심슨의 책이 알려지고 어느새 한 세대가 흘렀다. 나는 긴 세월 이 책을 옆에 두고 살면서 어떤 장면은 그대로 외우다시피 했다. 내게는 그토록 특별한 등반기였다. 그러다 《허공으로 떨어지다》가 다시 읽고 싶어졌고, 거기서 한 걸음 더 나아가 내 손으로 직접 옮겨보고자 하는 마음까지 생겼다.

이 책은 《친구의 자일을 끊어라》라는 제목으로 처음 나왔지만, 원제는 《Touching the Void》이고 독어판도 《Sturz ins Leere》로 모두 '허공으로 떨어지다'이다. 우리 것만 자극적인 제목이 된 이유는 독자의 관심을 끌기 위해서였던 것 같다. 과연 친구와 묶었던 자일을 끊을 수 있을까? 이 등반기는 보기 드물게 마음이 끌리는 책이다. 내용은 고산 등반에서 흔히 부딪치는 시련이고 어려움이다. 문제는 거기서 끝나지 않는다. 상황이 아무리 위급해도 생명줄인 파트너와의 자일을 그렇게 자를 수 있을까?

조 심슨이 직면한 상황은 차마 읽어 나가기도 겁이 날 정도였는데 추락하면서 그는 다리까지 부러졌다. 절망으로 내던져진 셈이었다. 이 책의 핵심은 여기서 시작되는데, 결국 그는 위로 올라갈 수가 없어 끝 모르는 크레바스 밑으로 내려갔다. 그리고 뜻밖에 탈출구를 만나면서 외부 세계로 나오게 되었다. 그야말로 기적적인 일이었다. 그는 눈과 얼음과 돌밭이 이어지는 곳을 사흘 동안 기어가야 했다. 몸에 걸친 것 외에는 아무것도 없었지만, 끝내 베이스캠프로 돌아왔다.

나는 조 심슨의 《허공으로 떨어지다》를 읽으며 히말라야 촐라 체에서 겪은 시련을 쓴 박정헌의 《끈》을 생각했다. 동서양의 두 등반기는 시대적 간격에도 불구하고 그 시련의 모습이 어쩌면 그렇게도 같은지 놀라울 정도다. 무대는 안데스와 히말라야로 서로 멀리 떨어져 있으나 6,000미터 고소에서 2인조가 당한 조난이란 공통점이 유난히 돋보인다. 다만 조 심슨의 파트너는 그가 죽은 줄 알고 같이 묶었던 자일을 끊고 혼자 위기에서 탈출했고, 박정헌은 파트너가 추락해 골절을 입자 그를 살리려고 현장에 뛰어들었다.

조 심슨과 박정헌의 경우에서 서로 다른 점은 무엇일까. 전자에서 그의 파트너는 사태가 수습하기 어려워지자 자기가 살려고 했으며, 후자는 동료를 살리려고 했다. 완전히 대조되는 행동이다. 등반에서 파트너십은 동료의식이며, 고소의 등반 윤리와는 또 다른 상위 개념이다. 어려운 시련과 곤란을 공유할 때 우정 이상 가는 것이 무엇이 있겠는가.

헤르만 불이 온갖 고생을 하고 돌아왔을 때 마지막 캠프에서 기다리던 동료 한스 에르틀Hans Ertl이 그를 보고 한 말은 "무사히 돌아와서 고마워."였다. 그토록 갈망하던 등정에 대해서는 한마디도 묻지 않은 것이다. 그야말로 우정의 극치다. 나는 이 대목에서 얼마나 울었는지 모른다.

조 심슨이 쓴 《허공으로 떨어지다》의 하이라이트는 조가 지옥을 탈출하는 사흘간의 정황이다. 알피니즘의 역사를 기록해나간 뛰어난 등반기 가운데 이런 장면을 나는 본 기억이 없다. 인간이 그토록 강인할 수 있는지, 상상하기도 어려운 실례가 유감없이 전개되고 있다. 이런 등반기가 있어 산악인의 한 사람으로서 보람과 행복을 느낀다.

보이테크 쿠르티카의 아름다운 세계

보이테크 쿠르티카Voytek Kurtyka는 폴란드 출신 클라이머로, 일찍이 예지 쿠쿠츠카와 함께 히말라야에서 활약했다. 폴란드 산악인은 알피니즘 세계에 뒤늦게 나타났다. 같은 유럽에서도 폴란드는 동구권에 속해 있기도 했지만, 공산권에 들어 있어 밖으로 나갈 자유가 없었다. 그러다 1990년대에 비로소 자유를 찾으면서 폴란드의 산악운동이 개화했는데, 실은 어렵던 시절인 1970년대에 벌써 싹트고 있었다. 쿠르티카가 본격적인 등반에 나선 것이 그 무렵이다.

1970년은 라인홀트 메스너Reinhold Messner가 세계 무대에 처음 등장한 때이기도 하다. 여기에는 주목할 만한 차이가 하나 있다. 메스너는 서구라는 자유롭고 풍요로운 문화권 출신인 데 비해 쿠르티카는 정반대 환경이던 동구권 클라이머였다는 사실이다. 당시 동구권 클라이머들은 어려운 환경 속에서 알프스와 멀리 히말라야에서까지 등반 활동을 벌였다. 이것을《프리덤 클라이머스》라는 책으로 쓴 사람이 있는데, 필자 버나데트 맥도널드

Bernadette McDonald는 나중에 쿠르티카 평전도 썼다. 《자유의 예술: 보이테크 쿠르티카의 삶과 등반》이라는 책이다.

이 책에서 유독 내 관심을 끈 것이 쿠르티카의 등산관이다. 어려운 환경 속에서 어떻게 그 엄청난 등반 활동을 벌였는가보다는 등반에 대한 그의 생각이다. 쿠르티카는 1980년대 초반 여러 해에 예지 쿠쿠츠카와 짝이 되어 히말라야에서 등반을 했다. 쿠쿠츠카는 1979년부터 1987년에 이르는 사이에 히말라야 자이언트 14개를 완등하며, 라인홀트 메스너와 함께 당시 세계 산악계에서 가장 돋보였다. 그 전성기를 맞이한 쿠쿠츠카의 파트너가 보이테크 쿠르티카다. 그러나 유대는 오래가지 않았으며, 쿠르티카는 스스로 거기서 떠났다.

두 거인의 등산관이 원인이었는데, 이로 인해 클라이머로서 생애가 크게 달라졌다. 쿠쿠츠카는 놀라운 성취를 이루고 끝내 일찍 갔다. 발터 보나티가 그 죽음을 애도하며 쿠쿠츠카의 《14번째 하늘에서》에 서문을 남겼는데, 보나티가 훗날 쿠르티카의 평전에도 글을 쓸 수 있었더라면 어떤 글이 나왔을지 궁금해진다.

보이테크 쿠르티카는 등반에 대한 생각이 남달리 철저했으며, 매우 독창적인 클라이머였다. 이런 독창성은 그의 평전에 '츠레아Crea'라는 말로 자세히 나와 있다. 그의 조어造語이며, 그의 인생관이기도 하다. 쿠르티카는 어려운 환경 속에서 등반을 하고도 끝내 돌아왔다. 메스너는 등반가는 살아서 돌아와야 한다고 늘 강조했는데, 그런 생각으로 일관한 클라이머였던 셈이다.

등반에서 사고로 생명을 잃는 일은 흔히 있다. 본인의 지식과 능력 부족 때문이겠지만, 파트너와의 관계에서 오는 경우도 적지 않다. 그런 점에서도 쿠쿠츠카와 쿠르티카는 돋보인다. 쿠쿠츠카는 자주 파트너를 바꾸었고 적지 않은 파트너를 산에서 잃었는데, 쿠르티카는 달랐다. 산에서 죽은 사람은 별로 없었다. 그만큼 조심성이 많았고, 한편 세심하게 자기 파트너를 돌보았다. 한마디로 아낀 것이다. 그는 무턱대고 나서거나 밀어붙이지 않았다. 결국은 이런 견해 차이로 쿠르티카가 쿠쿠츠카 팀에서 스스로 물러섰지만, 그가 파트너로 있는 동안 쿠쿠츠카는 한 번도 인명 피해를 경험하지 않았다.

쿠르티카는 등반가로서 쿠쿠츠카를 늘 높이 평가하면서도 언제나 정상만 생각하는 그를 이해하지 못했다. 쿠쿠츠카의 관심은 늘 등반선에 있었기 때문이다. 즉, 'summit line'이 문제였다. 반면, 쿠르티카는 산에서 'beautiful line'에 눈길을 주었다. 흔히 말하는 '베리에이션루트variation route'와도 달랐다. 물론 아름다운 등반선은 베리에이션루트지만, 후자가 언제나 전자는 아니다. 그만큼 쿠르티카는 심미적 감각이 강했다.

그는 고교 시절 하이킹에 갔다가 처음으로 산다운 산과 만났다고 한다. 산이 살아 있는 것 같았고, 자신이 그 안의 일부처럼 느껴졌다. 그리고 산의 소리를 듣고 싶어 했다. 아버지 때문에 끝내 전자공학도가 되고 훗날 학위까지 받았는데, 막상 그 분야에서 일한 적은 없다. 아버지는 폴란드의 장래에 과학적 두뇌가 필요하다고 생각했으나 아들의 생각은 달랐다. 그야말로 천성이 알피니스트였던 것이다. 쿠르티카는 산에 대한 감수성이 남달랐으며, 행동 못지않게 사색적이었다. 산에서 악천후를 만나면 텐트에서 혼자 프랑스어를 공부했다. 도무지 실의와 절망을 몰랐다. 폴란드라는 사회 환경 속에서 자라며 그런 일에 익숙했는지, 또는 그것과 싸우는 기질이 자연스레 자랐는지는 모르나, 산에서 어려운 일을 만나면 인간의 약점에서 온 것으로 보고 오히려 미적 요소로 받아들였다. 이런 때를 쿠르티카는 슈베르트의 「미완성 교향곡」과 같다고 말하기도 했다. 그는 클라이머에게 예술성과 심미성이 없다면 인생으로 볼 수 없다고 생각했는데, 그 점은 리카르도 캐신Riccardo Cassin과도 같았다.

쿠르티카는 오늘날 이미 완등되었을지라도 8,000미터급 고봉의 루트는 그대로 순결성을 유지하고 있다고 말했다. 이런 생각은 필경 등반 스타일의 관점에서 오는 것이며, 그래서 그는 히말라야 자이언트 14개의 등정을 도중에 중단했던 것이다. 그렇게 올라서는 등반의 의미가 없다는 이야기였다.

보이테크 쿠르티카의 등반 세계는 언제나 독자적이고 독창적이었으며 자신감으로 가득 차 있었다. 그런 그도 비애와 실의에 빠질 때가 있었다. 그런데 마침 우정 어린 파트너가 있어서 시련을 넘길 수 있었다.

1988년 6월 쿠르티카는 에라르 로레탕Erhard Loretan과 파키스탄의 트랑고 타워 등반에 나섰다. 그러다 등반 중 하루에 두 번이나 추락하면서 여기저기 다쳤다. 크게 실망해 오지의 불모지대에서 완전히 기가 죽었다. 이것을 본 파트너가 "걱정하지 말아요. 내가 저녁 준비할 테니 여기 앉아서 푹 쉬어요!"라며 스위스 명물인 치즈 퐁듀를 만들기 시작했다. 그리고 자기 워크맨을 쿠르티카에게 걸어주었다. 쿠르티카는 흘러나오는 서정적인 노래를 들으며 자기도 모르게 눈물을 흘렸다.

산에 안개가 덮이고,
내게는 집이나 다름없네.

나는 너를 버리지 않으리,
우리는 친구요 형제니.

쿠르티카는 저녁을 준비하는 파트너에게 조용히 "에라르, 고마워!"라고 말했다. 그리고 다음 날 붕대를 감은 손으로 선등에 나섰다. 이처럼 뛰어난 등반가들의 산행기에는 어려움과 싸우는 이야기가 자주 나오며, 산사나이들의 우정 어린 이야기도 적지 않다. 나는 보이테크 쿠르티카의 평전을 옮기다 이 부분에서 가슴이 뭉클해져 놀리던 손을 잠시 멈추었다.

나는 山書를 이렇게 읽는다

나는 임어당의 명창정궤라는 말을 무척 좋아한다. 이 사자성어
는 세월이 흐를수록 내 생활에 깊이 파고들었다. 산에서 점차 멀
어지고 산서를 대하는 시간이 많아지면서, 나는 명창정궤가 아
닌 아파트의 남향 테라스에서 많은 시간을 보낸다. 이런 때 곧장
조 심슨의 《허공으로 떨어지다》를 펼친다.

영어판과 독일어판, 우리말 번역판 등 세 권이 있는데, 특히 독
일어판을 좋아한다. 책 서두에서 크리스 보닝턴은 심슨의 원고
를 읽다 손에서 내려놓지 못했다고 고백한다. 심슨이 허공으로
떨어지며 다리가 부러지자, 눈과 얼음과 돌밭을 기어가는 수밖
에 없겠다고 생각하는 대목에서 보닝턴은 충격을 받은 것이다.
《허공으로 떨어지다》의 압권은 바로 이 부분이다. 나는 그다음
에 나오는 장면에 더 마음이 끌렸다. 조의 자일 파트너가 친구를
버리고 혼자 베이스캠프로 돌아간 그날 저녁 장면이다.

우리는 폭풍 소리를 들으며 침낭 속에 들어가 나란히 누웠다. 양

초 불빛은 텐트 벽 색깔을 따라 빨간색과 녹색으로 변했다. 조의 물건들이 텐트 구석에 아무렇게나 밀쳐져 있는 것이 보였다. 나는 전날 밤의 폭풍을 생각하고 몸을 떨었다. 그때의 영상은 내가 잠들 때까지 남아 있었다. 저 위는 얼마나 추울까. 눈사태가 쏟아져 얼음 절벽 밑의 크레바스를 채우고 있을 것이다. 조를 묻으면서……. 나는 꿈도 꾸지 않고 깊은 잠 속으로 빠져 들어갔다.

이 부분의 묘사는 어디서나 별로 차이가 없는데, 나는 특히 독일어 어감이 마음에 들어 이따금 읽곤 한다. 하기야 지금까지 여러 권의 외국 산서를 옮겼지만, 거의 독일어판이었다. 발터 보나티와 리오넬 테레이Lionel Terray는 이탈리아와 프랑스 사람이어서 그들의 책은 하는 수 없이 독일어판을 중역했다.

산서는 이름 그대로 산에 관한 책이지만, 실은 산을 무대로 한 등산가의 이야기다. 그러나 나는 산서라고 그저 읽지 않고 관심이 가는 대목을 골라 읽는다. 이를테면 존 크라카우어Jon Krakauer의 《희박한 공기 속으로》에서는 문제의 부분, 즉 엄청난 사고가 있던 시간대를 찾아 읽는다. 에베레스트 등정 시간을 정오 전후 한두 시간으로 보고 그 부분을 읽는데, 물론 당연하고 일반적인 이야기지만, 이 시간대는 에베레스트에서 절대적으로 중요하다. 책에는 당시 원정대장이 그 점을 중요하게 생각해 대원들에게 오후 2시에는 무조건 돌아서라고 지시했지만, 지시가 지켜지지 않았다는 사실이 나온다.

책은 저마다 읽기 마련이나 난독이니 정독이니 하는 다양한 독서법이 있다. 나는 번역하느라 그 고전들을 모두 정독한 셈인데, 그 속에 두고두고 읽게 되는 장면이 적지 않다. 에드워드 윔퍼Edward Whymper의 《알프스 등반기》와 헤르만 불의 《8000미터 위와 아래》, 발터 보나티의 《내 생애의 산들》, 그리고 하인리히 하러Heinrich Harrer의 《하얀 거미》와 리오넬 테레이의 《무상의 정복자》 등이 그것들이다. 이밖에 가스통 레뷔파의 《별과 눈보라》도 가끔 꺼내 본다. 하지만 내 마음을 그대로 사로잡은 책은 바로 에밀 자벨Emile Javelle의 《어느 등산가의 회상》이다. 나는 이 책을 번역자가 서로 다른 일본어판으로 두 종 가지고 있는데, 그럴 만한 이유가 있다.

가스통 레뷔파의 《별과 눈보라》는 독일산악연맹에서 펴낸 산악 명저 중 하나로, 그 표제가 《별과 눈보라Stern und Sturm》이고 영어판은 《별빛과 폭풍설Starlight and Storm》이다. 나는 'Starlight(별빛)'보다 'Stern(별)'의 어감이 좋아 '별과 눈보라'라고 즐겨 쓴다. 뜻이야 그게 그것이지만 뉘앙스가 달라지는 문제인 셈이다. 이 책의 '그랑드조라스' 편에 리카르도 캐신 일행 셋이 르켕 산장에 나타나 그랑드조라스로 가는 길을 묻는 장면이 있는데, 그 묘사가 정말 극적이고 절묘하다. 물론 그랑드조라스가 미답봉일 때 이야기이다. 결국 캐신 일행은 유럽 최후의 대과제 중 하나였던 그랑드조라스를 초등하게 된다.

윔퍼의 방대한 《알프스 등반기》의 백미는 '마터호른 초등'이다. 그중에서도 끝에 나오는 "연극이 끝났다."가 그렇게 멋질 수가 없다. 윔퍼는 이십 대의 목판화가로 느닷없이 알프스에 끌리면서 등산가로서의 생애가 시작된다. 이 책의 영어판 제목은《알프스 방랑기Scrambles Amongst Alps in the years 1860-1869》이며, 독일어판은《산과 빙하 여행Berg und Gletscherfahrten》이다. 마터호른을 초등하고 하산길에 엄청난 추락 사고를 목격했는데도, 그토록 조용하고 아름다운 글을 쓸 수 있었다니 그저 놀랍다.

나는 또한 헤르만 불의《8000미터 위와 아래》를 펼칠 때마다 눈물을 금치 못한다. 불이 낭가파르바트를 혼자 올랐다가 전날 떠난 최종 캠프로 돌아오자 기다리던 친구가 불을 껴안는 장면으로, 등정 여부는 묻지 않고 무사히 돌아와서 고맙다고 말한다. 이 단독 초등으로 불은 하루 사이에 늙은이가 되었다고 하니, 그야말로 죽지 못해 돌아온 셈이다. 그들의 우정은 자일 파트너의 원형으로 아름답기 그지없다.

발터 보나티는 알프스를 오랫동안 떠났다가 마음의 고향을 잊지 못해 몽블랑으로 돌아오는데, 그때 산록을 덮은 야생화 군락을 보고 넋을 잃는다.《내 생애의 산들》끝에 나오는 장면으로, 그때 그는 등반하려고 몽블랑에 온 것이 아니고 옛 고향이 그리워 다시 찾아왔다며 이렇게 써 나간다.

나는 수년래 여름, 가을, 겨울을 혼자 생각나는 대로 아무런 뉘우침도 없이, 언제나 새로운 즐거움으로 알프스를 돌아다니고 있다.

오늘날에는 산악문화라는 말이 유행하고 있지만, 산악문화는 산악문학 없이는 무의미하다. 하지만 산서를 문학의 경지로 끌어올린 경우는 극히 드물다. 일본에서는 1936년의 《어느 등산가의 회상》 이후 그 역자의 다른 책이 나왔는데, 두 책은 모두 명역으로 이름을 날렸다.

그리고 순서가 바뀌었지만, 내가 잊지 못하는 산서가 있다. 오시마 료키치大島亮吉의 《산: 연구와 수상》으로, 산도 모르던 때 우연히 만난 이 책은 전문적인 산서로서 중학생이 그 사실을 알 리가 없었으나, 그 속에 나오는 '산의 단상'에 끌린 것이 평생 잊히지 않는다.

서재의 등산가

설악산을 다시 생각한다

이따금 설악산의 정체성을 생각한다. 저산지대인 우리나라에서도 높지 않은 1,708미터. 여름철에 설계雪溪가 있는 것도 아닌데 이름은 설악雪嶽이다. 가을의 단풍으로 유명하지만 단풍은 어느 산에나 있다.

나는 설악산의 정체성을 대청봉에서 찾고 싶다. 대청봉은 언제나 고고하고 의젓하다. 이런 설악산을 지난날 6·25가 아니었다면 우리는 몰랐을 것이다. 격심한 전투에서 연합군은 서부에서 개성을 넘겨주고, 동부 산악지대에서 한국군은 바로 설악산을 빼앗았다.

지난날 손경석은 자기 이력서에 천불동으로 설악산을 초등했다고 당당히 밝혔는데 자랑할 만한 일이다. 그때는 지금의 천불동이 아니고 그야말로 원시 상태나 다름없었으리라. 그러나 오늘의 설악산은 공룡능선과 용아장성이 있어서 그 면목을 유지하고 있다고 본다. 십이선녀탕 계곡에서 이어지는 서북주릉도 자랑이다. 설악산의 위용은 대청에 섰을 때 비로소 알게 되는데,

넓고 푸른 동해와 멀리 웅장한 울산암, 그리고 바로 발밑에 이름 그대로인 공룡능선과 용아장성 등 장관이 펼쳐진다. 설악의 높이를 잊을 때다.

그런 설악산이 점차 유원지로 변하고 있어 가슴이 아프다. 이미 사방에 깔린 편의시설도 문제지만, 그것도 부족해 케이블카까지 놓으려고 했다. 오늘날엔 아는 사람이 많지 않을 텐데, 지난날 십이선녀탕 초입에서는 공중에 건너 맨 밧줄을 잡고 작은 배를 당기며 계곡으로 갔다. 그야말로 원시적인 모습이었는데, 그 풍치를 그대로 살렸다면 내설악의 다시없는 명물이 되었을 것이다. 현대식 교량으로 대체하는 일이 바람직했을까.

당시 십이선녀탕 계곡에서 다래와 머루 넝쿨과 만난 일을 나는 잊지 못한다. 그런데 그 야생 열매는 오늘날 어디 갔는지 보이지 않는다. 그 계곡으로 이어지는 서북주릉, 그 길고 지루한 능선을 어느 늦가을 종주하며 도중에 야영한 일이 있다. 네팔에서 구한 고어텍스 침낭 커버를 덮고 잤는데, 아침에 일어나니 침낭이 물바다였다. 침낭 커버가 가짜였던 것이다.

또한 용아장성의 하루를 잊지 못한다. 언젠가 젊은이들과 그 능선을 아홉 시간이나 헤맸는데, 날이 저물고 길이 보이지 않아 비박을 할 수밖에 없었다. 그때 리더가 봉정암이 보인다고 해서 모두 용기를 되찾았다. 당시 봉정암에는 손을 담글 수 없는 차디찬 석간수가 흘렀지만 지금은 온데간데없다.

오늘날 설악산은 완전히 개방되다시피 했는데, 그것도 사람에

서재의 등산가

따라 다르다. 서울의 은행 직원이 혼자 설악산을 넘다 날이 저물고 길을 몰라, 바위 밑에서 울었다고 했는데 나는 축복받은 인생으로 보았다.

한편 아내와 어린것들을 데리고 설악을 7박 8일 만에 넘었다는 산악인도 있다. 얼마나 멋진 산행이었을까. 나는 칠순 때 대관령에서 설악산까지 8박 9일을 간 적이 있다. 백두대간 종주를 모를 때였다. 한여름 가도 가도 물이 없어 애를 먹었지만 간간이 비가 왔다. 심마니 터에서 자기도 했다. 설악산에 도달하니, 마침 대청에 운집한 등산객들이 애국가를 부르고 만세삼창을 외치고 있었다. 설악산에 대한 감정이 산악인과는 달랐다.

교회 신도 20여 명과 용대리 마등령을 넘은 적이 있는데, 모두 초행길이었다. 오세암부터 비가 내리기 시작했다. 검은 구름이 심상치 않았으나 모두 나를 믿고 따라왔다. 물론 우장은 했으나 마음은 편치 않았으리라. 드디어 마등령에 오르자 비구름이 가시고 공룡능선이 운해에 모습을 드러냈다. 바로 그때 교인들이 할렐루야를 합창했다. 그야말로 자발적인 찬송가였다. 루드비히 포이어바흐가 《기독교의 본질》에서 "신앙은 인간의 자기의식"이라고 한 말이 생각났다.

어느 늦가을 나는 젊은이들과 처음 가는 숲길로 귀때기청봉에 올랐다가 다음 날 쉰길폭포 쪽으로 내려왔다. 오를 때 날이 어두워 텐트를 쳤는데 바람이 강했다. 설악산에 이런 길이 있나 싶었다. 등산은 히말라야에 가야만 할 수 있는 것은 아니다. 남난희의 태백산맥 단독종주도 있다. 내설악 가야동 계곡에서 공룡능선 1275봉으로 바로 올라 천불동 쪽으로 내려오는 길이 있다. 내려오다 보니 지난날 느닷없이 며칠 동안 퍼붓던 눈으로 큰 사고를 당한 곳이었다. 설악산에는 아직도 가보지 못한 곳이 얼마든지 있다. 더구나 엄동설한 설악산은 히말라야와 다르지 않다는 것을 아는 사람은 안다.

우리나라 해외 원정은 언제나 서울 인수봉에서 설악산을 거쳐 간다. 나는 그런 인수봉에서 일어난 큰 사고를 독일 등산 잡지에 기고한 적이 있다. 부활절 때 인수봉에서 느닷없이 한파가 몰아쳐, 대학생 일곱 명이 벽에서 떼죽음을 당한 일이다.

오늘날 설악산은 화제에 오를 일이 별로 없다. 그러나 자연은 언제나 미지의 세계여서 색다른 이야기도 있음직하다. 기도 레이Guido Rey가 등산은 모두 초등이라고 했듯이, 설악산에 대한 기대는 여전하다. 《일본백명산》의 저자 후카다 규야深田久弥는 사람들이 산에 가도 가지고 오는 것이 없다고 한탄한 일이 있다. 등산 세계는 일반적 생활 세계와 다르다. 산에 가는 사람에게 그런 생활 감정과 의식이 없다면 그는 산에 갈 자격이 없다. 등산가의 특권을 저버리는 셈이다.

나는 설악산을 안다고 공언할 자신이 없다. 내가 아는 설악산은 누구나 아는 그런 산이나 아무도 모르는 설악산이 어딘가에 있다고 굳게 믿고 있다.

나는 지구상 여러 곳의 산 이야기를 그런대로 알고 있지만, 이

제는 우리 산 이야기가 더욱 궁금하다.《한국명산기》를 쓴 김장
호에게《우리 산이 좋다》라는 책이 있다. 아무나 할 수 있는 이
야기가 아니며 김장호니까 할 수 있는 이야기리라. 〈나는 설악이
좋다〉라고 누가 쓰기를 바란다. 이름난 산악인이 아니면 더욱 좋
겠다. 우리는 너무나 기성관념 속에 살고 있는데, 이따금 거기서
벗어나고 싶다. 우리가 잘 아는 길을 다른 사람은 어떤 감정으로
가고 있을까. 분명 우리가 모르는 세계가 있을 것 같다. 설악산
은 그럴 수 있는 곳이다.

산의 비밀

산에는 비밀이 있다. 산에 가는 사람마다 비밀이 있다. 그 비밀은 캐고 또 캐도 그대로 있으며, 멀리 갈수록 높이 오를수록 더해간다. 나는 쿠르트 딤베르거의 《산의 비밀》을 옮기며 그 사실을 알았다. 원제가 '산과 비밀'인 그 책에는 오직 하늘의 정기만이 산 너머에 무엇이 있는지 알고 있다는 글이 나오는데, 딤베르거는 산 너머의 비밀을 감지하고 그것에 끌려 히말라야 고봉을 오르내렸다. 크리스 보닝턴이 정상에 설 때마다 새로운 지평선을 생각했다는 것과는 또 다른 세계다. 산의 비밀은 불가사의한 것이 아니며 그저 베일에 가려져 있다고 나는 생각한다. 그 베일은 벗겨도 벗겨도 그대로 있다. 우리가 산에 가고 또 가는 까닭이다.

산의 비밀은 그저 숨어 있는 것이 아니다. 산의 자연성이 바로 비밀이다. 고고하고 준엄함이, 장대하고 수려함이 그것이며 정적과 정일이 또한 비밀의 정체다. 자연은 산천초목으로 이루어져 있으며, 천연자연의 세계이자 인지人智를 초월한 세계다. 산에 비

서재의 등산가

밀이 있다는 명제의 근거가 여기 있다. 우리는 자연을 흔히 금수강산이니 산자수명山紫水明이라고 하는데, 서양에서는 '어머니 자연Mother Nature'으로 여긴다. 우리는 예찬하고 그들은 본질을 이야기한다. 당나라 시인이 "공산불견인"이라고 했듯 오늘날에도 우리는 혼자 산에 가기를 좋아한다. 서양의 자연관은 모성이지만, 실은 자모慈母라기보다는 엄부嚴父의 세계다.

일찍이 《풍토: 인간학적 고찰》을 쓴 철학자가 있었는데, 나는 '자연: 인간학적 고찰'을 쓰고 싶다. 풍토風土는 자연의 속성이지만, 자연은 본질이며 논리학에서 말하는 외연과 내포가 따로 없다. 산악인은 그런 세계에 끌려 산에 가고 거기를 떠나지 못한다. 알피니즘의 역사는 그 기록이며, 산의 비밀을 추구한 인간의 의식과 행위의 궤적이다. 우리는 산이 좋아 산에 가도 산의 정체를 모르며 그 속에 숨겨진 비밀을 모른다. 그저 문명사회에 살며 자연을 그리워할 뿐이다. 인간이 자연에서 왔기 때문일까. 원시 시대에 인간은 불과 물을 무서워하고 자연을 불가사의하게 여겼는데, 그런 생각은 18세기에도 여전했다. 알프스 최고봉 몽블랑 초등에 얽힌 이야기가 바로 그것을 말한다.

그러던 산이 오늘날 더 오를 데가 없어지고 히말라야는 관광지가 되었다. 대자연은 그대로인데 인간 사회가 변한 셈이다. 알피니즘은 사람과 산의 만남에서 비롯됐지만, 그 관계는 세월이 흐르며 날로 퇴색하고, 산에 비밀이 있다고 생각하는 사람이 없다시피 되었다. 알피니즘의 세계는 끝난 것일까?

나는 근자에 쿠르트 딤베르거와 크리스 보닝턴과 만나면서 사람과 산의 관계는 변함이 없다는 것을 알았다. 산에 접근한 방식에 차이가 있어도 필경 산의 비밀에 끌려 이를 추구한 선구자들이었다. 산의 비밀은 히말라야에만 있는 것이 아니고 우리나라 야산에도 있다. 지난날 남난희가 76일에 걸쳐 태백산맥을 홀로 종주한 것이 좋은 예다. 백두대간 종주 이야기가 나오기 전이다. 알피니즘의 역사는 결국 그런 감성과 의지의 발로라고 할 수 있다.

최근에 《산을 바라보다》라는 책을 쓴 사람이 있다. 등산가로 산은 으레 바라보게 되어 있으나 그런 글을 쓰기는 결코 쉽지 않다. 글재주 이전에 산에 대한 사상의 문제이기 때문이다. 발터 보나티는 산을 심미적 대상으로 여겼으며, 산은 이런 사람의 것이라고 했다. 나는 최근에 이런 책을 쓴 사람을 잘 아는데, 그는 일찍이 에베레스트를 체험하고 산에 대한 자기의 꿈을 계속 추구해 나갔다. 오늘날 우리 주변에 히말라야를 다녀온 사람이 적지 않지만, 그처럼 산의 비밀을 추구한 산사람은 드물다. 꿈이 없는 인생은 인생이라고 말할 수 없으며, 산의 비밀을 잊은 사람은 등산가가 아니다.

사람이 꿈을 꾸는 것은 자유고, 산의 비밀을 생각하는 것도 자유다. 예지 쿠쿠츠카의 꿈은 언제나 히말라야 자이언트 정상에 있었고, 라인홀트 메스너는 한계 도전이 등반 목적이었다. 한편, 보이테크 쿠르티카는 오직 아름다운 등반선을 추구했다. 쿠

서재의 등산가

르트 딤베르거는 한때 메스너와 막상막하였다고 자기 책에 썼는데, 그러면서도 두 거인의 등반은 사뭇 달랐다. 메스너는 정상을 보고 달렸지만 딤베르거는 산 너머 하늘의 정기를 그리워했다. 그는 역사상 최초로 8,000미터급 고봉을 무산소 알파인 스타일로 오르면서도 히말라야 자이언트 14개 완등에는 끝까지 취미가 없었다. 그의 등반기《산의 비밀》은 그런 기록이다.

오래전에 이본 취나드Yvon Chouinard는 《아이스 클라이밍》을 쓰며 빙벽 등반가는 남들이 오르지 못하는 데를 오르는 특권을 가지고 있다고 했지만, 산악인의 특권은 그렇게 제한된 소극적인 것이 아니다. 산의 비밀을 감지하고 거기에 끌려 산으로 가는 그 자체가 바로 배타적이고 독점적인 특권이다. 알피니스트니 산악인이라는 개념이 있는 까닭이다. 간단히 말해서, 대자연이 품고 있는 비밀을 동경하고 거기에 애착을 느끼는 감성과 의지가 중요하다.

나는 에베레스트 산군 한가운데서 오랜 시간 보내면서도 끝내 8,000미터 고소 사우스콜 너머의 세계를 몰랐다. 물론 글과 사진으로는 잘 알고 있었으나, 요컨대 히말라야의 비밀은 모르고 살아온 셈이다. 그뿐만이 아니다. 내게는 끝내 풀리지 않는 비밀이 하나 있는데, 파키스탄 발토로 빙하의 세계다. 그곳에 숨어 있는 비밀과 하늘의 정기가 그렇게 그리울 수가 없다. 지금 우리 주변에는 파키스탄 히말라야 체험자가 많지만, 그 세계를 이야기하는 것을 듣지 못했다. 내 편견이나 과문 탓일까?

나는 비록 K2와 가셔브룸 산군에 접근하지는 못해도, 발토로 빙하에서 비박하며 그 주변의 대자연을 몸소 관조하고 싶다. 준엄하고 고고하며, 만고의 정적에 잠긴 그 세계를 내 눈으로 보고 내 감각으로 느끼고 싶다. 아침저녁의 불타는 노을은 얼마나 장엄할까. 나는 그저 겔린데 칼텐브루너Gerlinde Kaltenbrunner와 쿠르트 딤베르거의 책으로 그 세계를 간접 체험하고 있다.

산의 비밀의 매체는 산사람들의 우정이기도 하다. 트랑고 타워에서 쿠르티카와 로레탕의 파트너십이 나를 울렸지만, 남난희의 태백산맥 종주에서도 나는 울었다. 산이라는 대자연이 품고 있는 비밀의 세계 외에 달리 설명할 길이 없다.

"산은 무엇이며 우리는 왜 산에 가는가?"

이 영원한 물음 속에 담긴 비밀을 나는 모른다. 그러면서 우리는 여전히 산에 가고 있다.《한국명산기》를 남긴 김장호에게《나는 아무래도 山으로 가야겠다》라는 에세이가 있는데, 그는 유럽 알프스는 고사하고 가까운 일본 알프스조차 가본 적이 없다. 그는 우리나라 산을 끝까지 추구했으며, 그 발자취는 아무도 흉내 내거나 따라잡지 못했다. 시인이고 대학교수여서 남다른 감성이 있었겠지만, 산의 비밀에 누구보다 애착을 품은 보기 드문 산사람이었다고 나는 생각한다.

인생은 사람마다 조건이 다르다. 산악인의 세계도 매한가지다. 분명한 것은 그가 산을 어떻게 대하는가에 따라 그의 세계가 다르다는 것이다. 산악인이 히말라야에 가건 국내 산을 헤매건 자유다. 그러나 그가 산에 무슨 비밀을 느끼고 있는가는 자유의 문제가 아니다. 그의 산행을 생각하면, 그리고 등산가로서의 인생을 생각하면 그렇다는 이야기다.

산악인에는 조건이 있다

〈가쿠진岳人〉이라는 일본 등산 잡지가 있다. '山岳人(산악인)'의 준말로 등산가를 말한다. 우리나라에서 '악인'이라는 말이 쓰이고 있는 것은 여기서 왔다고 볼 수 있다. 구미 등산 선진국에 일찍부터 〈베르크슈타이거Bergsteiger〉와 〈알피니스트Alpinist〉라는 잡지가 있었다. 모두 산악인을 말하며 호칭도 다양하다. 등산도 영어권에서 알피니즘, 마운티니어링, 스크램블 등으로 불리고 있다. 그런데 산에 간다고 산악인이 아니고 여기에는 일종의 불문율로 조건이 따르며, 또한 산악인은 신분이 아니어서 그것으로 자기를 소개하지 않는 것이 일반적이다.

그런데 리오넬 테레이가 강연을 했을 때 그 지방의 유지가 "당신은 대학교수인가, 아니면 엔지니어인가?" 하고 물었다. 그때 테레이는 서슴지 않고 "등산 가이드"라고 밝혔다. 그는 부유한 중류층 가정에서 태어났는데, 자기가 좋아서 등산 가이드가 되었으며 평생을 그것으로 살았고 무엇보다도 자기 직업을 큰 자부와 긍지로 여겼다.

서재의 등산가

언젠가 나는 등산 이야기를 하러 속초행 비행기에 올랐다. 그리고 라인홀트 메스너의 《검은 고독 흰 고독》을 보고 있었다. 바로 옆자리의 외국인이 느닷없이 "Bergsteiger?"라고 물었다. 독일인 모양이었는데, 보통 남의 일에 관심을 갖지 않는 서양인답지 않게 한국에서 독일 책을 보고 일종의 친근감을 느꼈던 것 같다. 나더러 등산가인가 물었을 때 그는 직업을 물은 것은 아니었을 것이다.

그렇다면 산에 가는 사람과 산악인은 어떻게 다를까. 한마디로 알피니즘 세계에 관심이 있는가에 달려 있다고 나는 본다. 알프스와 히말라야에 가고 안 가고는 관계없다. 다만 선구자들의 산행기를 읽으며, 자신의 등산 의식과 행위의 세계를 가지고 있는 것이 중요하다. 오늘날에는 산에 가는 사람이 많다. 등산 장비가 옛날에 비할 바가 아니며 차림이 모두 제법이다. 다행한 일인데 그들에게 없는 것이 있다면 무엇일까.

등산은 개인의 자유에 속하는 일이며 산에 가는 사람이 꼭 산악인이어야 할 이유도 없다. 사람들은 취미로 또는 건강을 위해 산에 가는데 그것으로 족하다. 다만 산악인의 세계는 그들의 세계와 다르며, 배타적이고 특권적인 것이 특징이다. 스스로 위험하고 어려운 길을 가며, 산에서 돌아오지 못하는 일도 종종 있다. 이것이 등산가의 세계요 그들의 운명이다.

"등산은 미친 짓인가?"라는 글을 라인홀트 메스너가 책에 썼고, 그의 파트너였던 한스 카머란더Hans Kammerlander는 《베르크쥐흐틱Bergsüchtig》을 썼다. '산에 미쳤다'는 이야기다. 알피니즘의 역사에는 산에서 살다가 간 사람들이 많은데, 그들은 산 아니고는 살 수 없는 인생이었던 셈이다.

산악인의 조건이란 무엇일까. 한마디로 규정하기는 어렵지만, 거기에는 반드시 남다른 등산 의식과 행위가 있다. 토니 히벨러Toni Hiebeler는 일찍이 《마터호른》의 책 머리에 "마터호른에 오르지 않은 사람은 산악인으로 어딘가 불완전하다고 느끼는 것 같다."라고 했다. 어렸을 때 헤르만 불은 가난해서 등산화도 없이 양말 바람으로 산에 갔으며, 에드워드 윔퍼와 발터 보나티는 산을 떠났다가 노후에 산이 그리워 마터호른과 몽블랑으로 돌아왔는데, 그때 산에 오르려고 온 것이 아니었다.

알피니즘은 인류 문화 중에서도 특이한 현상이다. 근자에 유네스코가 등산을 인류무형문화유산으로 등재했다고 하는데, 알피니즘은 스포츠도 레크리에이션도 아닌 그야말로 독특한 '생활 방식way of life'이며, 그 무대가 대자연이고 그 주인공이 산악인이다. 지난날 서구의 근대화와 때를 같이해서 알피니즘도 역사에 나타났다.

그런데 등산 세계는 반문명적인 요소를 가지고 있다 보니 화려한 문명을 그대로 받아들일 수 없었다. 식물학자이자 등산가인 프랭크 스마이드Frank Smythe가 등산에서 편의성expediency을 배척한 것이 좋은 예다. 20세기 말엽에 이른바 상업 등반대 출현으로 준엄하고 고고했던 히말라야가 드디어 세속화하기 시작한 것은 역사의 아이러니가 아닐 수 없다. 주말 하이커들에게는 조금도 상관없어 보이겠으나 산악인에게 이보다 큰 손실은 없다. 그가 히말라야에 가건 안 가건 세계 고산군이 이렇게 변질, 변모한다는 것은 치명적인 일로, 산악인의 이른바 레종 데트르raison d'etre, 즉 존재 이유의 문제인 셈이다.

이제는 지구상 고산군에서 미답봉과 미답벽이 없어지다시피했고, 아이거 북벽에서 사투한 토니 쿠르츠Toni Kurz나 바이스호른에서 사라진 게오르그 빈클러Georg Winkler 같은 산악인은 알피니즘의 역사에 다시는 나타나지 않을 것이다. 발터 보나티가 프랑스 알프스의 프티 드류를 5박 6일 동안 혼자 올라간 장거가 재연될 일도 없을 것이며, 몽블랑 프레네이 중앙 필라에서 느닷없이 엄습한 풍설로 억센 산악인들 가운데 끝내 보나티만 제대로 살아남은 대참사를 오늘의 산악인들은 기억조차 하지 못할 것이다.

이런 시대 변천 속에서 새삼 산악인의 조건을 거론하는 것은 아이러니나 다름없어 보이지만, 그렇다고 그대로 넘어갈 수 없는데 산악인의 운명이 있다고 나는 본다. 그러나 단순한 산악인의 조건 문제가 아니라, 알피니즘의 내일과 결부된 문제라는 것을 생각하면 상황은 달라진다.

나는 철학도로 출발했지만 학자의 길로 가지 않았다. 철학의 심오하고 방대한 체계보다는 실존적으로 키르케고르와 니체, 파스칼 등에 흥미를 느꼈으며 느닷없이 등산 세계와 만났다. 그리하여 등산을 산행보다는 형이상학적 대상으로 삼게 되어 오늘에 이르렀다.

흔히 등산가는 강건한 육체를 중시하는데 나는 육체적 노동을 통해 정신적 고양에 이르는 것을 등산의 요체로 본다. 이런 등산관은 자연과 문명의 틈바구니에서 살며 인간이 직면하게 되는 현실적인 문제의식이라고 생각한다. 여기서 산악인으로서 살아오며 내가 생각하는 산악인의 조건이 무엇인가 계속 궁구하게 된다.

기도 레이는 등산가의 수만큼 등산이 있다고 말한 적이 있는데, 그 속에는 등산가의 조건이 암시되어 있다. 즉, 산악인의 조건이란 몇 마디 말로 표현되기보다는 산악인 각자가 자연과 만나며 스스로 산행의 정신과 행위를 형성한다는 의미가 아닐까. 등산은 고도와 심도에 따라 그 세계가 달라지며, 등산가는 그 사실을 자기의 산행으로 받아들인다. 정상에 설 때마다 새로운 지평선을 생각했다는 크리스 보닝턴을 굳이 따라갈 것도 없다.

우리 주변의 김홍빈이라는 산악인은 지난날 그렇게 모진 체험을 하고도 자신의 세계를 히말라야에서 계속 추구하고 있다. 그가 미치다시피 하게 된 히말라야 행차에는 남과 다른 산악인으로서의 조건이 분명히 있을 것이다. 자연과 문명 속에서 밝은 듯하면서도 어딘가 어두운 구석이 있는 오늘날, 우리 산악인들은 산악인의 조건이 무엇인지 각자 한번 생각해볼 일이다.

쿠르트 딤베르거는 《산의 비밀》 서두에 "오직 하늘의 정기만이 산 너머에 무엇이 있는지 알겠죠?"라고 했는데, 김홍빈과 만나면 그가 찾아낸 산의 비밀을 듣고 싶다.

우리는 그들과 어떻게 다른가

이따금 공상에 젖는다. 돌로미테가 우리 가까이 있었다면 마르몰라다(3,343m)를 우리가 초등했을까. 요세미티의 엘 캐피탄이나 하프돔도 마찬가지다.

나 자신은 암벽 등반가가 아니지만 그 세계가 어떤 곳인지 잘 알고 있으며, 그 등반 역사도 그런대로 알고 있다. 알피니즘은 사람과 산이 만나면서 시작됐지만 거기에는 서구 근대화라는 계기가 있었다. 준엄하거나 수려하다고 해서 사람들이 접근한 것이 아니다. 유럽 최고봉인 몽블랑에 사람들이 어떻게 오르게 되었으며, 그것을 기점으로 시작된 알피니즘이 어떻게 황금기를 맞았고, 표고 4,000미터의 등산 무대가 어떻게 일약 8,000미터의 히말라야로 이행됐는지 우리는 안다.

이런 세계의 흐름에 우리는 이만저만 늦은 것이 아니다. 정치적이고 지리적인 한계 조건이 있었지만, 나는 그 이유뿐은 아니라고 본다. 우리나라 등산의 태동은 20세기, 그것도 후반이었는데, 그 과정을 보면 결코 마음이 개운치 않다.

영국은 자연 조건이 우리보다 더 열악한데, 바다 건너에 알프스가 있어서라고만 할 것은 아니다. 알피니즘의 황금기를 장식한 산악인 가운데 영국인의 궤적이 두드러진 것을 비롯해, 유럽 국가 중에서 영국에 산악회가 가장 먼저 생긴 것을 어떻게 볼 것인가. 세계 최고봉 에베레스트 도전을 긴 세월 앞장섰던 사실을 새삼 따질 일도 아니다.

돌로미테는 알프스에서도 특이한 곳이다. 완전한 암봉군인데, 여기는 이른바 등정주의나 등로주의가 아니라 오직 베리에이션이 문제며, 클라이머의 손과 발이 가는 데가 홀드고 스탠스인 곳이다. 서부 알프스와는 등반 스타일이 전혀 다른 지역인 셈이다. '돌로미테의 거미'라는 말이 나올 만한 곳으로, 그토록 뛰어났던 에밀리오 코미치Emilio Comici가 추락사한 곳이기도 하다.

우리나라는 도대체 준엄한 산이 없다. 그런 가운데 산과는 거리가 먼 인수봉이 어떤 의미에서는 우리가 자랑할 만한 곳이다. 지구상 대도시 근처에 이런 모노리스가 있는 데는 오직 우리 한국뿐으로, 여기에 하필이면 '취나드 루트'가 두 군데나 있으니 이것은 자랑인가 흠인가. 물론 등반 사고도 많지만, 이를테면 '클라이밍 겔렌데Gelände'인 셈이다.

오늘날 우리 주변에는 뛰어난 클라이머들이 적지 않다. 그런데 그들이 돌로미테 같은 거벽에 이름을 남긴 일이 별로 없다. 나라의 형편으로 젊은이들이 가고 싶어도 갈 수 없었는지는 모르나 반드시 그 이유만은 아닐 것이다.

나는 언제나 우리나라 에베레스트 원정 30주년을 주시한다. 그 세월은 시간보다는 오히려 그간의 등반 사조의 변천이 문제다. 한동안 에베레스트 붐이 인 적이 있다. 그때 엄청난 도전의 대열이 이어졌지만, 한결같이 고전적인 루트를 벗어나지 못했다. 이런 속에서 히말라야 자이언트 완등자가 여럿 나왔으니 히말라야에 대한 열기는 어느 나라에도 뒤지지 않았다.

세월이 흐르며 산악인들의 발길이 멀리 파키스탄과 파타고니아로 번져 다행이었으나 그 등반기는 별로 나오지 않았다. 나 자신은 그들의 세계에 관심이 많지만, 그들의 체험과 사상이 선진국의 젊은이들과 어떻게 다른지 몰라 마음 한구석이 언제나 채워지지 않고 있다.

에드워드 윔퍼가 마터호른을 7전 8기 끝에 오르고 나서 하산길에 네 명이 추락사한 사실이나, 헤르만 불의 낭가파르바트 단독행과 모리스 에르조그Maurice Herzog의 안나푸르나 초등은 단순한 극한과의 싸움이 아니었다. 이 모두가 미지의 세계에 대한 도전이었다. 그리고 당시의 등반조건이 너무나 처절했다는 사실을 우리는 그들의 기록으로 잘 알고 있다.

박영석 일행은 남극대륙과 북극 빙원을 모두 걸어서 주파했다. 엄청난 의지와 체력이 가져온 놀라운 성취였는데, 그들은 선구자들의 체험을 근거로 그 일을 해냈을 뿐이다. 그 자체는 기록에 남을 만한 놀라운 일이지만, 미지의 세계에 대한 도전은 아니었다. 일본의 우에무라 나오미植村直己가 단신으로 개썰매를 몰

서재의 등산가

며 북극점에 갔다 돌아오며, 그린란드 3,000킬로미터를 주파한 것은 전무후무한 기록이지만, 그가 현대문명의 혜택으로 그때그때 공중 보급을 받았으며 내비게이션 도움을 받았다고 책에 나온다. 이런 이유로 내가 박영석 일행의 도전을 높이 평가하면서도 마음 한구석이 석연치 않다.

바야흐로 알피니즘의 시대도 끝난 듯하다. 산은 더 오를 데가 없고, 산에 대한 정보와 장비는 더 바랄 것도 없을 정도로 필요충분조건에 도달한 셈이다. 히말라야는 그렇다 치더라도 돌로미테는 아직 우리에게 낯설고 먼 감이 있다. 그렇다고 이제 그 세계에서 우리가 갈 길은 있어 보이지 않는다.

서구는 우리에게 등산 선진국이다. 첫째는 알프스를 그들이 공유해서 그렇게 되었겠지만, 그들이 걸어온 250년의 과정을 보면, 우리가 그 세계에 뛰어들지 못한 사실이 서글프기만 하다. 21세기가 되었어도 우리에게 그 공백은 그대로 남아 있는 것 같아, 그저 한스럽다. 히말라야 자이언트를 화제로 삼는 시대는 이미 간 지 오래다. 한때 환상적인 곳으로 알려졌던 남미의 피츠 로이나 세로 토레도 그전 같은 매력이 느껴지지 않는다. 준엄한 대자연은 옛 모습 그대로이지만, 오늘날 알피니스트들의 감성과 의욕이 예전과 같지 않다는 이야기다.

나 자신은 일본 알프스는 고사하고 우리나라 백두대간도 가보지 못한 처지지만 생각만은 멀리멀리 달리고 있다. 마치 갈매기 조나단 같다고나 할까.

나는 그린란드의 끝도 없는 블리자드 속을 달리던 지난날을 잊지 못한다. 그나마 머릿속을 차지한 것은 파키스탄의 발토로 빙하의 끝도 없는 세계다. 지난날 비토리오 셀라가 사진으로 남긴 그 58킬로미터의 불모지대에서 며칠을 비박하며, 주위의 8,000미터 고산군을 물들이는 모르겐로트Morgenrot, 여명와 아벤드로트Abendrot, 저녁놀 그리고 그 세계를 지배하는 창세기 이래의 정일靜逸과 정적靜寂을 마음껏 내 것으로 하고 싶다.

이제 드디어 '서재의 등산가'가 된 셈인데, 나 자신은 어디까지나 알피니스트라는 인식을 저버리지 못하고 이런 상상과 환상 속에 살고 있다. 더구나 나만의 세계에서 지난날을 회고하며, 아직도 가본 적 없고 가볼 가망이 없는 세계를 여전히 머리에 그리고 있을 뿐이다.

여기 돌로미테 환상은 누구보다도 나 자신에 관한 이야기다. 나는 지난날 그 높고 눈이 깊은 길로 드라이 치넨 밑에까지 갔던 일이며, 그 밑의 섹스텐 캠프 사이트에서 며칠을 묵은 추억을 잊지 못한다.

산은 위험한가

산은 위험한가. 답하기 쉽지 않은 질문이다. 이에 대해 라인홀트 메스너가 재미있는 말을 했다. 산은 위험하지 않지만, 위험한 경우가 가끔 있다는 이야기다. 국내의 산은 그렇다 치고 지구의 오지인 히말라야는 그야말로 위험한 곳인데 인기가 대단하다. 산은 그런 데 매력이 있어 언제나 사람이 끌리는 모양이다.

그런데 우리가 살아가는 세상에 무슨 사고가 그리 많은지. 그런 사고는 거의 불의의 사고며, 이에 비하면 산의 위험은 오히려 많지 않은 편이다. 세계 알피니즘의 역사는 산악인들이 산의 위험과 싸운 기록이다. 결국 산의 위험과 싸우는 것이 산악인의 숙명이라고 할 수 있으며, 그 양상은 바로 시시포스의 신화와도 같다.

그러다 기이한 현상이 일어났다. 세계 최고봉 에베레스트에 하루 수백 명이 정상에 오르면서, 한편 일정한 시간과 일정한 장소에서 느닷없이 대형 사고가 일어났다. 1996년의 일이다. 유명한 에베레스트 베테랑 산악 지도자들을 포함해 모두 여덟 명이 희생당했다. 이른바 상업 등반대에서 일어난 사고였다. 역사적이고 전통적인 알피니즘이 세월을 따라 정상적인 궤도를 벗어난 사건이었다.

알피니즘은 원래 심각하고 신중한 인간의 의지와 행위의 산물이며 그 과정은 바로 생사의 경계선에 있다. 새삼 등산은 위험한가라고 물을 것도 없다. 산악인은 대자연에서 자유를 향유하지만, 그 자유는 언제나 구속과 규제 속에 놓여 있다. 산의 위험은 높이와 관계가 없다. 사고는 히말라야건 국내 저산지대건 일어난다. 산악인들은 그 사실을 알고 있으며, 그것이 알피니즘의 조건이다.

세계 역사에서 인간이 산을 두려워한 일이 꼭 한 번 있었다. 18세기 후반, 알프스의 최고봉 몽블랑 초등 무렵이었는데, 오라스 드 소쉬르Horace Bénédict de Saussure가 몽블랑 등정 이야기를 꺼냈을 때 그것을 받아들이기까지 반세기가 걸렸다. 산이 공포의 대상이어서 아무도 나서려고 하지 않은 것이다.

언젠가 나는 산을 모르는 사람들과 산행에 나선 일이 있다. 서울 근교였는데, 일행 중 스위스 젊은이가 몇 명 있었다. 나는 평범한 길로 가면 재미가 없어서 길을 벗어나 바위 능선을 탔다. 자일 없이 누구나 갈 수 있는 길이었는데 스위스인들은 말없이 따라오며 좋아했다. 세상을 살아가는 태도가 달라 보였다. 등산은 흔히 사서 고생한다고 하는데, 이렇게 사서 고생하는 가운데 "등산은 미친 짓인가?" 하고 물음을 던지는 사람들이 있다.

250년의 알프스 등반사는 필경 '산에 미친' 사람들의 의식과 행위의 궤적인 셈이다.

그 옛날 에드워드 윔퍼는 출판사의 요청으로 알프스를 그리러 갔다가 그 매력에 끌려 훗날 마터호른을 초등하게 되었으며, 중산층 가정에서 태어난 리오넬 테레이는 보장되다시피 한 인생을 벗어나 등산 가이드가 되었다. 남미 안데스 고봉에서 죽지 못해 살아 돌아온 조 심슨은 그 뒤 《고요가 부른다》라는 등반기를 냈다. 산을 떠나지 못해 얼마나 많은 젊은이가 히말라야에 갔다 돌아오지 못했던가. 그들의 산행은 그들의 생활이었다. 내게서도 산을 빼면 내 생활은 공동空洞이나 다름없다.

산은 위험한 곳이다. 사람들은 보통 그런 생각 없이 산에 가고 산을 즐기는데 위험은 언제나 곁에 있다. 그토록 많은 사람이 산에 가도 그 위험을 체험하기는 쉽지 않다. 일면 다행이지만 만족스러운 산행은 못 된다. 이 이율배반 속에 등산의 등산다움이 있다. 산에서 시련을 겪고 그 시련을 극복했을 때 산행의 의미가 있는 법이다. 역설적이면서 역설적이 아니다. 그것이 등산이라는 별세계의 순리인지도 모른다. 산의 매력이란 그런 것에 있다.

하이데거의 말을 빌리면 인생이란 내던져진 것이다. 그래서 하는 수 없이 저마다 길을 가고 있는데, 그런 가운데 산악인은 산과 만나 평생 거기서 벗어나지 못하고 있다. 산에 가는 사람은 많아도 자기 산행기를 쓰기는 쉽지 않다. 반드시 써야 할 이유는 없겠지만 산행에서 회상할 것이 없다면 그것도 문제다. 설령 산에서 대단하지 않아도 시련을 만난다면 그는 행복한 산악인이다.

라인홀트 메스너는 말년에《나는 한계에서 살았다》를 썼는데, 산악인으로 그처럼 살기는 쉽지 않으며, 그렇게까지 바랄 것도 없다고 나는 생각한다. 한때 메스너와 막상막하였던 쿠르트 딤베르거는 도중에 방향을 바꿔 자기만의 길을 갔다. 보이테크 쿠르티카 역시 그런 산악인이었다.

알피니즘은 오늘날 더 오를 데가 없게 되었다. 과학기술 문명이 끝을 모르고 앞을 달리고 있지만 등산 세계는 그렇지 못하다. 단순히 오를 데가 없다는 소극적 면에서가 아니라, 인간 본래의 적극적 면에서 그렇게 살 수가 없다는 이야기다. 여기에 '사서 고생하는' 산악인의 모습이 있다. 지난날 등산은 일상에서의 탈출이라고 했지만, 지금은 단순한 탈출이 아니라 인간 생존의 문제다. 산악인이 산에 가지 못할 때 그 인생은 인생이 아닐 것이다. 오토캠핑이 유행하지만 산악인은 그런 생활양식에 끌리지 않는다. 하루에 수많은 사람이 오르는 에베레스트에는 이제 관심을 갖지 않는 것이 산악인이다.

산에는 절대적으로 고고하며 준엄한 대자연성이 있어야 한다. 그런 의미에서 산의 위험은 필요조건인 셈이다. 오늘날 등산의 기술과 필요 여건이 마구잡이로 개발되고 있다. 이제는 이른바 편의성이 문제가 아니라 미지의 베일이 완전히 벗겨진 상태다. 산이 더 이상 매력이 없다시피 되었다. 그때 산악인은 어디로 갈 것인가. 등산이란 무엇이며, 산은 위험한가라는 질문이 문제가 되지 않을 때 등산 세계는 존폐의 위기를 맞는 셈이다. 산악인에게 그런 문제의식이 없다면 그는 산악인이 아니며 오늘을 살아간다고 보기 어렵다.

리오넬 테레이가 자기 직업을 등산 가이드라고 서슴없이 내세운 것은 간단히 넘길 일이 아니다. 적어도 스스로 산악인이라고 정체성을 밝히는 것은 쉽지 않으면서도 중요한 일이다. 명함에 새길 수는 없어도, 자기 신분을 밝힐 때 우리는 산악인임을 자부와 긍지로 여길 수 있어야 한다.

세상에 산이 없다면

산이 없는 세계는 생각할 수 없다. 얼마나 삭막할까. 물론 지구
상에 산이 없는 곳은 많다. 사막지대 이야기가 아니고 평원 한가
운데 있는 대도시들이다. 우리나라는 작으면서 국토가 거의 산
으로 덮여 있다. 그리고 큰 도시가 모두 산을 가까이에 끼고 있
다. 서울이 북한산과 도봉산과 관악산 한가운데 있고, 대구의
팔공산과 광주의 무등산 등이 좋은 예다. 표고는 얼마 안 돼도
이만한 곳이 외국에는 별로 없다.

　리카르도 캐신은 바닷가에 살아도 산에 끌리는 사람이 있다
고 했는데, 가스통 레뷔파가 바로 그런 사람이었다. 레뷔파는 지
중해변 마르세유 태생이면서도 평생을 알프스에서 보냈다. 에
밀 자벨은 산이 없는 프랑스에서 알프스가 보이는 스위스로 가
서 살며 《어느 등산가의 회상》을 썼다. 나는 산이 없는 평양에서
자랐지만, 서울에서 산과 만나 평생 산을 떠나지 못하게 되었다.
물론 알피니스트로 후기 인생을 보내게 된 데는 산에 관한 책을
안 것이 크게 작용했지만, 산이 내 삶의 중심이었다는 것은 부인

　　　　　　　　　　　　　　　서재의 등산가

할 수 없다.

세계 등산의 역사는 산악인들이 겪은 부침의 궤적이지만, 사람은 산이라는 준엄하고 숭고하며 고고한 세계와 만나며 새로운 인생이 거기에 있다는 것을 알게 되었다. 그리고 얼마나 많은 영혼이 산에 묻혔으며 지금도 묻히고 있는지 모른다. 나는 언제나 산에서 비로소 참다운 인간성을 보고 느낀다. 산에 가는 사람들은 특히 고산 등반의 경우 처절한 장면을 체험하지만, 그것을 넘어선 인간의 감성을 깨닫는 일이 적지 않다. 여기에 산의 또 다른 모습이 있다.

나는 헤르만 불의 낭가파르바트 단독행에서 그런 세상을 봤으며, 일본의 히말라야 산악 사진가의 세계에서 인간의 잠재의식 속에 숨어 있는 보기 드문 정情을 알고, 얼마나 울었는지 모른다. 나는 오랜 세월 살면서 눈물을 많이 흘렸지만, 이때의 눈물은 전혀 다른 것이었다. 내가 《산의 사상》에 소개한 〈네팔의 맥주〉는 그런 글이었다.

산이란 무엇인가. 평생 산을 주제로 많이 생각하고 글도 써왔지만, 여전히 풀리지 않는 물음이다. 만약 이 세상에 산이 없다면 어떻게 될까 하고 생각할 때 나는 산에 관한 책이 없는 생활을 같이 떠올린다. 나는 많은 책을 가지고 있는데 산에 관한 책이 대부분일 정도로 산과 산서는 내 생활에서 언제나 함께 붙어 다닌다.

일찍이 철학에 끌려 그 속에서 살아오는 동안 대학 졸업논문 외에 철학에 관한 글 한 줄 쓴 적이 없지만 산에 대한 글은 지금도 쓰고 있다. 이제 산은 멀어졌어도 생각은 산을 떠나지 않고 있으며, 머나먼 히말라야와 그린란드를 여전히 가까이 느끼고 있다. 산은 등산가의 고향이라는 말도 있지만 나는 언제나 하임베Heimweh, 향수와 페른베Fernweh, 동경를 더욱 가까이 느낀다. 산이 없다면 필경 내 생활도 없으리라.

지난날 라인홀트 메스너가 강연에서 "알피니즘 그 자체가 내 인생이다."라고 했지만, 산악인이라면 누구나 산이 인생의 중심에 있다. 우리 주변에서도 고미영이나 김창호가 모두 그런 생을 살았다.

그런데 알피니즘이 널리 퍼진 오늘날 고산 등반의 세계는 투어리즘으로 변해가고 있다. 요즘은 많은 사람이 산에 가고 있는데, 그들은 산이 없는 세상을 조금이라도 생각하고 있는지 모르겠다. 산에 가는 사람은 많아도 산서다운 책이 별로 보이지 않는 것은 어제오늘 이야기가 아니다. 그런 상념은 고사하고, 그린란드의 빙원이 물바다로 변하는 현실을 염려하는 사람도 보이지 않는다.

과학기술 만능의 시대에 사람들이 어떤 미래를 예상하는지는 모르나, 나는 그런 것보다는 날로 황폐해가는 자연이 염려스럽다. 2045년에는 컴퓨터가 인간의 지성을 넘는다는 어처구니없는 미래 제언까지 나오지만, 나는 산이 자연성을 잃는 모습이 더 무섭다. 1800년대에 괴테는 《파우스트》에서 "개발은 무덤을 파는 것이다."라고 했다. 알피니즘이 서구 근대화와 때를 같이

한 것까지는 좋으나 문명에 끌려갈 수는 없다. 인간이 과학기술을 피할 수는 없겠지만, 자연을 등질 수 없다는 것이 날로 확실해지고 있다.

해가 동에서 뜨지 않는 일은 있을 수 없으나 비나 눈이 제때 오지 않는 현실이 이미 와 있다. 나는 그저 심한 눈보라와 쏟아지는 호우를 기다리며, 고어텍스 침낭 속에 들어가 비박이라도 해보고 싶을 따름이다. 알피니스트로서 마지막 소원이다.

풍설의 비박

풍설의 비박! 그 처절한 광경을 바로 눈앞에 그려보는 산악인이 몇이나 있을까.

풍설은 강한 눈보라를 말하고 비박은 불시 야영이다. 산을 가다 날이 저물고 갈 길이 멀면 하는 수 없이 적당한 곳에서 야영하게 된다. 그러다 악천후라도 만나면 풍설의 비박이 된다. 산행 중 심한 눈보라를 만나 불시에 야영을 하게 되는 일은 쉽지 않으나 귀중한 체험이다.

원래 비박은 바람직한 일은 아니지만, 등산가로 비박 경험이 없다면 행복하다고만 할 수 없다. 그의 산행이 어딘가 부족하게 느껴진다는 이야기다. 물론 비박은 흔한 일이 아니지만, 산행 때 이에 대한 준비는 되어 있기 마련이다.

비박은 'Biwak'라는 독일어를 소리 나는 대로 읽은 표현으로 우리나라는 일본을 통해서 알게 되었지만, 이른바 캠핑과는 본질적으로 다른 산행 조건의 하나다. 캠핑은 예정된 야영이기 때문이다. 미군의 야전교본에 'bivouac'라는 말이 나오는데, 발음도 비슷한 '비부액'으로 전쟁터 자체가 불시 야영의 연속이니 이런 말이 군사용어로 되었을 것이다.

알피니즘의 긴 역사에서도 거센 폭풍설의 이야기는 결코 흔하지 않다. 고산 등반에서 사람들이 누구나 기상에 신경을 쓰며 사전에 대비한다는 이야기다. 그런데 1961년에 이변이 일어났다. 몽블랑 프레네이 중앙 필라에 불어닥친 폭풍설이 그것이다. 이탈리아의 발터 보나티 일행 셋과 프랑스의 피에르 마조Pierre Mazeaud 등 넷이 등반 도중 만나 한 팀으로 나섰다가 때아닌 폭풍설에 휘말렸다. 연일 계속된 악천후로 끝내 보니티만 제대로 살아 돌아오고 프랑스 팀에서는 리더만 빈사 상태에서 구출되는 사고를 맞고 말았다.

1978년 나는 그린란드의 끝없는 빙원을 가다 느닷없이 블리자드를 만났는데, 다행히 이누이트들과 같이 있어서 그 무서운 시련을 이겨냈다. 물론 우리에게는 충분한 식량과 연료 등이 있었고 방한 옷차림도 빈틈이 없었지만, 악천후가 계속됐더라면 어떻게 되었을지 모른다. 나는 가끔 헤르만 불의 낭가파르바트 단독행과 발터 보나티의 5박 6일에 걸친 프티 드류 남서벽 초등과 같은 역사적 성취를 생각해본다. 만일 이때 악천후를 만났더라면 어떻게 되었을까.

근자에 우연하게도 《풍설의 비박》이라는 책과 만났는데, 일본의 한 단독 등반가가 일본 알프스에서 심한 풍설과 부딪쳐 사투하다 간 기록이다. 일본 알프스는 표고 3,000미터의 험준한 산악지대로 기상이 언제나 불안정하다. 그가 끝내 간 곳은 공교롭게도 그보다 20여 년 전에 저명한 단독 등반가가 조난사한 곳이기도 하다.

이 책에 끌린 이유가 있다. 단순한 등반 사고가 아니라는 것이다. 이때 희생된 등반가는 일본 알프스에서 자란 젊은이로 당시 산악계에 널리 알려져 있었으며, 그의 산행은 언제나 남달리 여유 있고 빈틈없는 사전 준비가 되어 있었다. 결국 그에게 문제가 된 것은 불의의 악천후로, 연일 계속됐으니 불가항력적인 일이었다.

풍설의 비박은 산악인에게 다시없는 소중한 산행 조건이지만, 그렇다고 자진해서 그 세계에 뛰어들 수는 없다. 등산 세계는 불확실성이 특징이며, 이것이 커다란 매력이기도 하다. 풍설의 비박이란 그런 불확실성의 상징인 셈인데, 극한적인 등산과 탐험의 세계라고 반드시 그런 악천후를 동반하지는 않는다.

20세기 초 남극대륙과 그 빙하에서 벌어진 영국의 스콧 탐험대와 섀클턴 탐험대 이야기가 그 대표적인 예다. 전자는 일행 다섯 명이 남극점에서 돌아오다 극도의 피로와 식량 및 연료의 부족으로 쓰러졌고, 후자는 배가 얼음 바다에서 파선돼 27명 전원이 얼음판에서 20개월을 견디고 해빙기에 모두 살아 돌아왔다. 배 이름이 '인내Endurance'였다는 것은 그야말로 상징적이다. 결국 전자는 불가항력적인 악운이었고, 후자는 행운이 있었다 해도 기적적이었다.

유네스코가 알피니즘을 인류무형문화유산으로 등재했다는 소리가 들려오는데, 이 사실을 산악계가 어떻게 받아들여야 할지 모르겠다. 이보다 앞서 스포츠클라이밍이 올림픽의 공식 경기종목으로 되었지만, 이런 일련의 움직임은 알피니즘의 앞날을 예고하는 듯해서 기분이 착잡하다.

알피니즘은 원래 독특한 세계로 그 무대가 오직 대자연이며 그 속에서 벌어지는 의식과 행위는 오랜 등산 역사에 그대로 나타나 있다. 라인홀트 메스너가 히말라야 자이언트 14개를 최초로 완등했을 때 올림픽위원회가 그 성취를 포상하려고 하자 메스너는 수상을 거절했다.

상업 등반대의 출현 이후 히말라야는 날로 투어리즘의 무대로 변해간다. 이런 시기에 우연히도 '풍설의 비박'이라는 세계에 감정이입이 되어, 나 자신이 등산에 대한 의식과 정감을 잃지 않은 것을 느끼게 되어 그나마 다행으로 여기고 있다.

한계 도전에서 얻는 것

알피니즘에서 한계 도전은 당연한 것인가. 알피니즘 초창기에는 없던 양상이다. 산과의 싸움에서 한계적 양상을 띤 것은 1936년 아이거에서 사투한 토니 쿠르츠가 처음이다. 아이거는 알피니즘 에서 거벽시대를 연 첫 무대로, 1,800미터의 직벽은 보기만 해도 소름이 끼치는 곳이었다. 일행 중 셋이 추락사하고, 쿠르츠는 홀로 사흘간 자일에 매달려 악전고투했다. 하인리히 하러의 《하얀 거미》에 그때 모습이 그대로 묘사되어 있는데, 그 사투야말로 한계와의 싸움이었다.

한계 도전이라는 말은 라인홀트 메스너가 주로 써왔으며, 그는 최근 《나는 한계에서 살았다》라는 책을 냈다. 사실 메스너는 산악인으로 언제나 한계 상황에서 살았으며 그의 등반기에는 '그렌체겐Grenzegehn(한계 도전)'이라는 말이 자주 나온다. 1978년 에베레스트 무산소 도전을 감행하고, 같은 시즌에 표고 8,126미 터의 낭가파르바트를 알파인 스타일로 6일 만에 혼자 오르내려, 250년에 걸친 등산 역사에 일대 전기를 가져왔다.

한계와 싸운 역사는 메스너가 처음은 아니다. 1953년 헤르만 불의 낭가파르바트 단독 초등이 좋은 예다. 독일은 히말라야의 이 고봉에 1932년 처음으로 도전하며 두 번에 걸쳐 많은 희생자를 냈다. 낭가파르바트를 독일이 '운명의 산'이라고 부르는 까닭이다. 이곳을 1953년에 비로소 헤르만 불이 등정했는데 스물아홉 살의 젊은이가 하루 사이에 늙은이가 되었다고 쿠르트 마이크스Kurt Maix가 《8000미터 위와 아래》 서문에 썼다. 〈땅과 하늘 사이의 방랑자〉라는 이 서문에는 "이성이 가리키는 온갖 법칙에 따르면 그는 정상에서 다시는 산 밑으로 돌아오지 못하리라는 공산이 컸다."라고 되어 있다.

사실 시련은 하산에 있었다. 저녁 7시 정상에 도착한 불은 바로 하산했지만, 그날 밤을 추위 속에 선 채로 비박하다시피 했다. 최종 캠프를 떠났다가 그곳으로 돌아올 때까지는 그렇게 41시간이나 걸렸다. 1950년대 이야기다. 식량이며 장비가 오늘날과 비교하면 상상할 수 없이 초라했던 때였으며, 헤르만 불은 그 긴 시간을 죽지 못해 살았다.

먼 훗날 메스너도 낭가파르바트를 단독 초등했지만, 그때의 양상은 헤르만 불과는 비교도 안 된다. 이 두 단독행에서 공통점이 바로 '정당한 방법으로by fair means'이며, 이 키워드는 그들의 등반기에 똑같이 나온다. 공교롭게도 이 말의 주인공인 머메리Alfred F. Mummery가 1895년 처음으로 낭가파르바트에 도전했으니 이 셋 모두 극한적 등반가라는 같은 범주에 들어간다.

한계 도전의 역사는 헤르만 불과 동시대에 활약한 발터 보나티에게도 찾아볼 수 있다. 1955년 프티 드류 남서벽 초등과 1961년 몽블랑 프레네이 중앙 필라 대참사가 바로 그것이다. 당시 보나티는 프티 드류 남서벽을 6일 동안 혼자 올라갔다. 촛대같이 생긴 직벽에서 그는 크고 무거운 짐을 연일 혼자 끌어 올렸다. 그리고 자신의 등반 윤리에 맞지 않는다며, 외부와의 유일한 연락 수단인 무전기를 도중에 버렸다. 그토록 한계 상황으로 몰아붙인 동기가 무엇이었는지 흥미롭지만, 1950년대 중반 그런 길을 간 보나티야말로 알피니즘의 세계에서 선구자 중 선구자였다. 그러나 그의 참모습은 몽블랑 프레네이 중앙 필라에서의 시련에 그대로 나타났다.

당시 프레네이 중앙 필라는 접근을 불허하는 곳이었지만 문제는 갑자기 휘몰아친 악천후에 있었다. 설상가상으로 등반이 시작되자 보나티가 이끄는 이탈리아 팀에 피에르 마조가 이끄는 프랑스 팀이 합류하게 되었다. 결국 7명이 한 팀이 된 셈인데, 모두 알프스를 잘 아는 내로라하는 산악인이었다.

그들이 4,500미터가 넘는 미답의 필라 꼭대기까지 80미터 남겨두었을 때 갑자기 눈보라가 치고 천둥과 번개까지 일었다. 알프스 기상을 아는 이들은 그러다가 악천후가 호전되리라 믿었다. 그런데 시간이 지날수록 날씨는 더욱 기승을 부렸다. 폭설 속에서 결국 하산하기로 했다. 산에서 6일이나 지나고 있었다. 남은 것은 절망뿐이었다. 죽음과의 싸움이 시작된 것이다. 계속

내리는 눈 속에 하강을 할 수 있는 앵커를 설치하기가 거의 불가능했다. 누구보다 강인하다고 자타가 공인하던 그들은 하나하나 쓰러졌다. 끝내 남은 것이 두 팀의 리더 정도였으나 나중에는 피에르 마조마저 거의 빈사 상태였다. 제대로 살아서 산장으로 돌아온 사람은 보나티뿐이었다.

나는 발터 보나티의 《내 생애의 산들》을 읽으며 그가 어떻게 극한과 싸웠는지 자세히 알았다. 메스너가 한계 도전의 역사를 처음 기록한 듯하지만, 그보다 반세기 전에 이미 헤르만 불과 발터 보나티가 같은 시대에 묵묵히 그 길을 갔다. 보나티는 후원자가 없어 히말라야 고봉을 단독으로 오를 기회가 없었는데, 꿈이 실현됐다면 '한 인간과 8,000미터'라는 과제는 더 빨리 성취되었을지도 모른다.

그런데 훗날 조 심슨의 《허공으로 떨어지다》를 읽으며 다시 한번 놀랐다. 친구와 둘이 남미 안데스의 6,000미터 미답벽에서 맞은 시련은 알피니즘의 역사상 전무후무한 이야기가 아닐까 싶다. 드디어 페루의 시울라 그란데 정상을 밟고 하산길에 앞서가던 심슨이 추락하며 다리가 골절됐다. 날은 저무는데 밑에서 소식이 없어 친구가 죽은 줄 알고 확보자가 자일을 끊었다. 비극이 시작되었다.

심슨은 크레바스 속에서 15미터를 매달려 밤을 지새웠다. 끝내 위에서 끊어진 자일이 떨어져 내렸을 때 그의 희망 역시 끊어졌다. 부러진 다리로 끝없는 크레바스를 내려가는 수밖에 없었다. 그러나 잠이 들었고 아침에 다시 밑으로 또 밑으로 내려갔다. 크레바스는 비교적 넓었으며 끝에서 옆으로 뚫린 것 같았다. 이런 절망과 고행 속에 심슨은 크레바스에서 필사적으로 벗어났다. 악몽 같은 하루를 깊은 크레바스 속에서 보내고 드디어 밖으로 나왔으나 이제부터 갈 길 역시 험난했다. 언제 끝날지 모르는 빙하지대를 향해 기어갔다. 빙하가 끝나면 빙퇴석이 쌓인 모레인 지대가 이어졌다. 먹을 것이 있을 리 없었지만, 갈증이 더 큰 문제였다.

그는 빙하와 모레인 지대에서 이틀 밤을 지냈다. 그러면서 설동을 파거나 침낭 속에서 그대로 잠을 잤다. 방향을 제대로 잡는 일에 사활이 걸렸지만 감으로 갈 수밖에 없었다. 베이스캠프까지는 10여 킬로미터나 되는 듯했는데, 다행히 날씨가 좋았다. 이따금 물소리가 들렸지만 아무것도 보이지 않았다. 너무 지쳐 길가 바위에 엎드려 쉬다가 잠들기도 했다. 그러는 사이에 길은 흙탕으로 바뀌었으며, 기어가다 갈증을 견딜 수가 없어 그 흙탕물을 빨아 먹기도 했다.

크레바스를 벗어나고 이틀이 지나자 낯익은 호수가 보였다. 조 심슨은 천신만고 끝에 호수의 둑으로 기어 올라갔다. 높은 데라면 베이스캠프가 보일 것 같았기 때문이다. 시간이 흘러 날이 다시 어두워졌다. 이제 베이스캠프에 가지 못하면 끝장이라는 생각이 들었다. 그는 당시 심정을 "크레바스에서는 공포, 빙하에서는 고독 그리고 이제는 공허"라고 표현했다.

"시계를 보니 새벽이었다. 주위에서 강렬한 똥 냄새가 코를 찔렀다. 취사 바위가 내 앞 어디엔가 위로 솟아 있을 것이다. 나는 고개를 들어 어둠속으로 크게 불렀다. '사아이머어-언!' '도와줘……' 그러자 저 앞에서 불빛 같은 것이 나타났다."

2부

자유 그리고 자연

명동의 봄날 밤

어쩌다 산사나이 셋이 서울 명동 한가운데서 만났다. 장소는 명동백작으로, 19세기 후반 소설가 모파상의 단편에나 나올 법한 곳이었다. 도대체 사람들로 붐비는 그 화려한 거리에 이런 곳이 있나 싶었다. 다시 찾기도 쉽지 않을 것 같았다.

서울에 살면서도 명동과 관계가 없어진 지 이미 오래다. 옛날 명동에는 독일 책 전문점이 있고, 레코드 판매점도 있으며, 원탁에 흰 보자기를 씌우고 그 위에 각설탕을 놓은 다방도 더러 있었다. 특히 클래식 음악을 들려주던 돌체가 기억에 남는다. 삶은 넉넉지 않았어도 마음에 여유가 있던, 그야말로 '좋았던 옛 시절 Good and Old Days' 이야기다.

그 거리가 지금은 온통 중국 관광객으로 붐빈다. 우리는 이런 데를 헤집고 나가 어느 골목으로 들어갔다. 건물을 이어 지으며 생긴 틈새 같은 곳이었는데 다니는 사람도 없었다. 명동백작은 바로 그 좁은 공간의 지하였다. 차라리 토굴이라고 하는 것이 나을 성싶었다. 시간이 일러서인지 손님은 우리뿐이었다.

생각지 않은 모임이었다. 서로 잘 알면서도 만나는 일이 별로 없었는데, 화제가 궁하지 않아서 좋았다. 나는 산사람들과 비교적 자주 만나는 편이지만, 늘 그날이 그날이라 재미가 없어서 이왕이면 좀 새로운 이야기가 듣고 싶었다. 그런데 이날은 처음부터 화제가 신선했다. "등산의 기원을 달리 봐야 하지 않을까?"였으니까.

등산이 1786년 알프스 최고봉 몽블랑 등정으로 시작되었다는 것이 오늘날의 정설이지만, 르네상스시대에 이미 이탈리아 시인 페트라르카가 몽방투(1,909m)에 올랐다는 이야기가 나왔다. 하기야 알프스에는 더 이른 시기에 사람이 오르기 시작했으며, 1700년대 후반 초겨울에 괴테도 브로켄(1,142m)에 올랐다. 산사나이들의 이런 대화에 오랜만에 끌려 들어갔다. 사실 산악인들은 등산 이야기를 좋아하면서도 그 역사에 관심이 별로 없다. 등산과 직접적인 관계가 없어서 그런지도 모른다.

명동백작은 시대와 장소를 잘못 타고난 듯한 곳이었다. 이런데서 우리는 세상 돌아가는 일을 제쳐놓고 신바람이 나서 떠들었다. 그러다 옛날 명화 『산』(에드워드 드미트릭 감독, 1956)으로 이야기가 옮겨갔는데, 주연인 스펜서 트레이시가 화제의 중심이었다. 훗날 『노인과 바다』(존 스터지스 감독, 1958)에서 더욱 멋진 연기를 선보인 그는 오스카상을 두 번이나 받은 배우다. 『노인과 바다』에서는 배우라기보다는 평생을 바다에서 살아온 늙은 어부 같았다. 헤밍웨이는 자신의 책이 영화로 만들어지면 주연을 꼭 스펜서 트레이시로 하고 싶어 했다는 이야기가 있는데, 두 사람은 길은 달라도 인생을 멋지게 살다 간 보기 드문 인물들이다.

이날 명동 거리에는 봄날 기운이 물씬 풍겼다. 그런 밤거리에서 백작 토굴을 나온 산사나이들은 이방인이었다. 순간 나는 "등산가는 누구나 산속에 자기의 고향을 가지고 있다."라고 말한 일본 산악계의 선구자 오시마 료키치가 생각났다. 명동의 인파 속에서 우리는 분명 이방인이었지만 우리만의 세계가 있었다. 그것은 무엇과도 바꿀 수 없는 산악인의 재산이며 특권이다. 산사람은 설령 외국의 고산준령을 체험하지 못해도 자연에 대해 남다른 감성을 가지고 있다.

갑자기 두견이 울었다. 좀 떨어져서 계곡을 가는지 저 숲에서 짝을 부르는지 알 수 없었다. 나는 혼자 계곡 깊이 들어가고 있었으나 조금도 외롭지 않았다.

이 글은 일본 알프스에서 평생을 보낸 산악인이 썼다. 그는 철학을 공부한 지성으로 대학에서 교편을 잡았고, 시와 그림도 능했는데, 나는 그의 수필 《산의 팡세》를 즐겨 펼친다. 요즘 일반 등반기보다는 이런 수필로 시간을 보내며 알피니즘에 대해서는 깊이 고민하지 않는다. 산은 좋아서 오르면 그만이다. 다만 한 가지 조건이 있는데, 언제나 무언가 생각하며 오르는 것이다.

"산길을 오르다가 이런 생각을 한다."라고 글을 써 나간 작가가 있다. 우리나라에도 출간된 나쓰메 소세키의 소설 《풀베개》의 서두는 이렇게 이어진다. "이치를 따지면 모가 나고, 정에 빠지면 휩쓸려가고, 고집을 부리면 답답하다. 아무튼 인간 세상은 살기가 힘들다. …… 어디를 가든 하나같이 살기가 힘들다고 깨달았을 때, 비로소 시상이 떠오르고 그림도 그리고 싶어진다." 작가는 지知, 정情, 의意 세 가지로 인생을 말하고 예술을 이야기한다. 인생을 바라보는 그 눈은 예리하고 빈틈없고 깊이가 있다.

나는 등산가도 감성이 남다르다고 생각한다. 이날 밤 명동에서 만난 산사나이들은 모두 진지하게 열심히 사는 장년의 인생이었다. 모처럼 모인 시간과 장소가 세속 한가운데서 오히려 세속을 떠난 분위기였는데, 대화에 스펜서 트레이시가 나와 더욱 좋았다. 산 이야기로 살다시피 하는 우리는 그런 세속을 떠난 화제 속에서도 좀 더 색다른 이야기를 하고 싶었다. 그런데 마침 옛 산악 영화가 화제가 된 것이다.

오래전 나는 영화 『산』을 통해 스펜서 트레이시를 알았다. 그와 다시 만난 『노인과 바다』에서 헤밍웨이를 새롭게 보았다. 20세기 초반의 격동기에 이른바 '잃어버린 세대'라는 심각하고도 색다른 시대상을 주창하고 나선 참모습이 그대로 느껴진 것이다. 그러나 그는 격심한 사회적 소용돌이 속에서 끝내 스스로 목숨을 끊었다. 같은 노벨문학상을 받은 일본의 가와바타 야스나리의 죽음과는 또 다른 인생의 말로였다. 이런 혼란기에 자기 인생을 정리한 사람들이 또 있다. 에드거 앨런 포와 슈테판 츠바이크 그리고 발터 벤야민 모두 당대 최고 지성인으로 살면서도 결국 인생의 고뇌를 이겨내지 못했다.

나는 우리나라 산악계 젊은이들을 늘 생각한다. 그토록 유능하고 자신에 찬 인생들이 하나둘 히말라야 오지에서 생을 마감했으니 무슨 말을 더 하겠는가. 산악인의 숙명이라 하겠지만, 그럴수록 자중자애하고 좀 더 심사숙고해 창창한 앞날을 내다보았으면 하며 그저 애석할 따름이다. 등산은 생업이 아니다. 우리는 결국 각자 살아가는 수밖에 없다. 나는 이것이 인간의 조건이자 산악인의 조건이라고 생각한다. 우리는 일반인과 다르다. 의식주 문제를 떠나서 우리만의 세계가 있다. 그날 밤 명동백작에서는 시간을 그저 재미로만 보내지 않았다. 우리가 가질 수 있는 자연스러운 시간이었다는 이야기다.

명동의 봄날 밤을 같이 지낸 산사나이는 월간 〈山〉의 편집을 오랫동안 맡았던 안중국, 일찍이 히말라야에도 갔던 김홍기와 정계조 그리고 나였다. "사람은 나이로 늙는 것이 아니라 꿈을 잃을 때 늙는다."라는 말을 생각하며, 산친구들의 여전한 모습에 그저 기뻤다. 우리는 늦은 시간에 재회의 기약도 없이 헤어졌다. 느닷없이 만났으니 또 느닷없이 만나겠지 하는 가벼운 생각뿐이다. 그때는 어디서 무슨 이야기를 하게 될까.

신록의 계절에

저명한 영문학자가 《신록예찬》이라는 수필을 썼는데, 바로 그 계절이다. T. S. 엘리엇이 4월을 가장 잔인한 달이라고 읊었지만, 올해도 4월엔 노란 개나리와 연보라 라일락이 예쁘다. 신록의 계절을 싫어하는 사람은 없겠지만, 그 많은 나무 이름을 제대로 알기는 쉽지 않다. 내가 아는 것은 자작나무와 낙엽송 정도인데, 들에 피는 꽃이나 산에 사는 새에 대한 지식이 별로 없다. 산행기에 그런 이야기들이 나올 때마다 그저 부끄럽다. 저녁에 한 바퀴 돌곤 하는 길가 여기저기에 민들레와 제비꽃이 피고 있다. 이른 봄에 피어나는 이 들꽃들은 길을 가는 사람들이 바라보는 일은 거의 없다. 그런데 어째서 그토록 예쁘게 선보일까.

나는 민들레를 중학교 1학년 영어시간에 배웠다. 잎이 사자 이빨처럼 생겨서 서양에서는 댄딜라이언dandelion이라고 한다는데, 훗날 대학에서 독일어를 공부하며 역시 뢰벤찬Löwenzahn이라고 한다는 것을 알았다. 프랑스에서도 마찬가지다. 그 뒤 등산을 하며 제비꽃이 'Pensée des Alpes', 즉 알프스의 팬지인 것을 알고 야생화에 관심을 가졌다. 알프스에서 제비꽃은 표고 1,000미터에서 핀다는데, 이 프랑스어에는 '산의 명상'이라는 뜻도 있다. "인간은 생각하는 갈대다."로 널리 알려진 파스칼의 명상록이 바로 《Pensées de Pascal》이다.

산 이름도 재미있다. 알프스에는 당 뒤 제앙Dent du Geant이나 당 뒤 미디Dent du Midi 등이 있다. 모두 이빨처럼 봉우리가 뾰족하다. 일본 알프스의 야리가다케槍ヶ岳는 창같이 생겼다고 해서 붙여진 이름이다. 이밖에도 슈피체Spitze와 호른Horn이라는 표현이 침봉을 말하는데, 독일 최고봉인 추크슈피체Zugspitze(2,962m)와 스위스의 마터호른Matterhorn(4,478m)이 좋은 예다.

"이름은 운명을 지니고 있다."라고 철학자 빌헬름 빈델반트가 《철학이란 무엇인가》에 썼는데, 산의 이름이 그렇다. 몽블랑은 '흰 산'이고 융프라우는 '처녀', 마터호른은 '초원의 침봉'이라는 뜻이다. 우리나라의 백두산이나 한라산은 이름으로도 손색이 없는데, 나는 특히 설악산이 마음에 든다. 고작해서 겨울 한철 눈이지만 이름은 雪嶽이다. 나는 단풍의 설악산과 철쭉이 만발한 지리산에 발길이 안 간다. 산의 이미지와 어울리지 않아서 싫다. 한여름의 노고단이, 가을의 지리산 능선길이 좋다. 원추리 군락과 1,000미터 능선길에 피어 있는 금강초롱이 이쁘다. 나는 무거운 배낭을 내려놓고 이들 야생화와 잠시 말 없는 대화를 나눈다.

내게 산은 행동의 장場이며 사색의 장이다. 엄동설한, 눈보라 속을 가다 어두워질 무렵 텐트를 친다. 그리고 모닥불을 피운다. 일본의 산은 높고 산장(야마고야, 山小屋)가 많다. 시설이라고 할 것도 없는 통나무집이지만, 종일 산속을 헤매다 모처럼 찾아 들어가 모닥불을 지피는 이야기가 그들의 산행기에 종종 나온다. 우리에게 없는 산의 정서이며 분위기다.

나는 일찍이 에베레스트에 갔지만, 그 오지에서도 어려움을 몰랐다. 다만 그린란드 빙원에서 블리자드를 만나 오도 가도 못하고 기나긴 밤을 지새운 일이 잊히지 않는다. 산에서의 곤경은 오히려 국내에서 겪었는데 설악산에서 적설기 훈련을 하다 눈사태로 유능한 젊은이들을 잃었고, 동대산 진고개에서 강풍과 추위로 고생한 일은 언제나 기억에 생생하다. 한여름 무더위 속에서 덕유산을 오른 일은 마치 에베레스트 웨스턴 쿰, 즉 '침묵의 계곡'을 갔을 때와 조금도 다르지 않았다.

초여름은 눈부신 신록의 계절로 아름답지만, 올해는 고상돈이 데날리에서 간 지 40년이 되는 해다. 우리나라 등산 잡지 〈山〉의 창간 50주년이며, 가을에는 〈사람과 산〉도 30돌을 맞는다. 월간 〈山〉은 특집으로 우리나라 산악인 50명을 추린다고 하는데, 이왕이면 산에서 생을 마감한 젊은이들을 기억했으면 좋겠다. "등산은 무엇이며 우리는 왜 산에 가는가?"라는 의문 속에 산악인들은 긴 세월을 살아왔다. 그리고 많은 젊은이가 그 길에서 돌아오지 못했다. 토마스 부벤도르퍼Thomas Bubendorfer가

서재의 등산가

5시간 남짓 걸려 오른 스위스의 아이거를 그 뒤 율리 스테크Uli Steck가 2시간 정도로 단축해서 세상을 놀라게 했는데, 스테크는 히말라야에서 갔다. 지난날 남미의 전설적인 세로 토레를 맨손으로 오른 클라이머 역시 최근 캐나다에서 눈사태로 목숨을 잃었으니, 인생이 그저 허망하다.

새삼 헤밍웨이의 《노인과 바다》가 생각난다. 평생을 바다에서 살아온 늙은 어부가 어쩌다 큰 물고기를 낚았는데, 느닷없이 상어 떼가 나타나 어부는 필사적으로 싸우지만, 물고기는 상어에 거의 다 뜯기고 뼈만 남았다. 《노인과 바다》는 헤밍웨이의 인생을 말하는 것 같아 읽으면 가슴이 아프다. 누구나 삶에서 오는 고뇌가 있기 마련인데, 산악인은 늘 생과 사의 경계선에 살면서도 그 속에서 쓰러지지 않는다. 우리는 언제나 산에 갔다 집으로 돌아오며, 멀리 외국으로 원정을 나가도 죽으러 간다고 생각하지 않는다. 그런데 많은 젊은이가 돌아오지 못했다. 그 가운데에는 지현옥과 고미영도 있다.

산사람은 산을 좋아하면서도 산서를 읽지 않는다. 산행기는 고사하고 월간지도 보지 않는 것이 어제오늘 이야기가 아니다. 요즘엔 스마트폰이 책과의 인연을 완전히 차단하다시피 했다. 명색이 산악인이라면 적어도 유명한 고전 몇 개는 읽어야 하지 않을까. 특히 20세기 중반의 등산 역사를 써 나간 선구자 헤르만 불과 발터 보나티 그리고 리오넬 테레이 등이 남긴 한 권뿐인 책들 《8000미터 위와 아래》, 《내 생애의 산들》, 《무상의 정복자》는 고전의 의의와 가치를 더욱 돋보이게 하는 명저다. 그러나 시대가 바뀌었으니 그런 인물과 그런 산행기가 다시는 나오지 못한다.

2020년에 일본의 유명한 등산 잡지 〈산과 계곡〉이 창간 90돌을 맞는다. 그래서 올해와 내년은 더욱 기억될 만하다. 근자에 대학 산악부에 새로운 젊은이들이 들어오고 있다고 한다. "역사는 되풀이된다."라는 말이 생각난다. 오랜 세월 침체에 빠졌던 조직이 살아나는 듯한 느낌이다. 겉은 화려해도 속이 빈 오늘의 사회에서, 앞날을 살아가려는 젊은이들의 모습이 느껴진다. 문명이 아무리 화려해도 결국은 자연을 넘어설 수 없다. 이런 틈바구니에서 산악인이 살고 있다는 자기인식은 그래서 언제나 중요하다.

산을 혼자 가다

산은 혼자도 가고 여럿이 같이 가기도 한다. 그때그때 사정에 따라 다르지만, 장단점이 있다. 긴 세월 동안 나는 두 번 혼자서 간 일이 있지만 혼자 비박한 적은 한 번도 없다. 육순에 지리산 45킬로미터 능선을 혼자 갔고, 언젠가 도봉산을 혼자 갔다. 지리산에서는 우연히 독일 젊은이와 만났고, 또한 서울 Y대학의 대학원생도 도중에 같이 가게 되었는데, 독일 젊은이와 천왕봉에서 헤어지고 대학원생이 따라왔지만 그는 발이 아프다며 일찍 떨어졌다.

도봉산에서는 어느 젊은이가 느닷없이 선인봉을 같이 오르지 않겠느냐고 해서 뜻하지 않게 선인봉과 만장봉을 오르게 되었다. 그가 선등을 섰는데, J대학의 베르크페Berg-Fee 산악회원이라고 묻지도 않은 자기소개를 했다. 귀엽게 생긴 데다 독일어로 산의 요정이라는 이름의 산악회에도 호감이 갔다. '하켄'이니 '반트'니 하는 독일어 산악 용어로 된 산악회가 있지만, '산의 요정'은 서정적이어서 인상에 남았다. 그런데 훗날 그 대학 출신에게 물었더니 그런 산악회는 모른다는 것이다. 그렇다고 이상할 것 없지만, 그 젊은이를 산에서 다시 본 적이 없고, 산악회 소식도 들리지 않았다. 그때 일을 나는 오랜 세월 잊지 못하고 있는데, 아름다운 추억이다. 베르크페라는 동화적이고 환상적인 산악회 이름에 흥미를 느꼈지만, 귀여웠던 그 젊은이가 혹 '산의 요정'은 아니었는지 생각하기도 했다.

느닷없이 지리산 종주에 나선 데는 까닭이 있었다. 예순이 되면 스위스 마터호른에 가볼 생각을 하다 뜻대로 되지 않아 지리산 100리 길을 혼자 걷게 된 것이다. 널리 알려진 길이고 적당한 거리에 물과 산장도 있었지만, 문제는 짐이었다. 며칠간 산행을 생각하니 배낭이 20킬로그램쯤 되었다. 과일은 한 개도 넣지 못했다.

10월 하순 생일에 맞춰 천왕봉에서 노고단까지 가려고 했는데 어느 친구가 노고단에서 만나 육순 잔치를 하자고 했다. 그는 구례 화엄사에서 천천히 오르겠다며, 샴페인 한 병을 가지고 왔다. 6시간이나 걸린 힘든 산행이었다.

10월 하순의 노고단은 초겨울이었다. 옆방의 여학생들은 춥다고 잠을 자지 못했다. 산장 관리인 함태식 씨가 이 고소에 오르는 사람은 각자 알아서 방한 준비를 해야 한다는 원칙론자라서 산장에는 침구가 없었다. 술도 화투장도 팔지 않고, 노래도 부르지 못하게 했다.

지리산 천왕봉에서 헤어진 독일 친구는 그 뒤 한라산에서 미국 청년과 만나, 서울 우리 집에서 며칠을 같이 묵었다. 혼자 떠난 산길이 이렇게 되었지만 모두 즐거운 추억이 되었다.

산을 혼자 오른 것으로 가장 유명한 사건은 1953년 헤르만 불의 낭가파르바트 단독행이지만, 그도 처음부터 혼자 갈 생각은 아니었다.

라인홀트 메스너는 《낭가파르바트 단독행》이라는 책을 냈는데, 나는 그 제목을 《검은 고독 흰 고독》으로 바꾸었다. 에베레스트를 무산소로 오르고, 몇 달 뒤 낭가파르바트를 알파인 스타일로 혼자 오르내렸으니 그야말로 초인적인 기록이었다. 당시만해도 한 시즌에 8,000미터 고소를 이처럼 연속 등반한다는 것은 생각하지도 못할 일이었다. 역시 메스너다운 등반이었다. 산을 혼자 가는 것은 외롭다. 세기의 철인 메스너도 낭가파르바트에서 고독의 극치를 체험했다.

외국 등반기에는 혼자 가면서 제3자를 의식하는 이야기가 이따금 나온다. 극한 상황에서 누가 옆에 있었으면 하는 잠재의식에서 오는 환상이 아닐까 한다. 사람은 혼자 산에 갈 때 산과 가장 가까워진다. 그래야 야생화에 눈이 가고 새소리가 들리며 석간수를 즐긴다. 그리고 쉬고 싶을 때 쉬며 먼 산을 바라보게 된다. 등산을 탈출이라고 하는 이유는 비단 속세를 떠나는 것만아니라, 자연과 더욱 가까워지는 일이기도 해서다. 문명사회에 매몰되지 않고 잠시나마 그 번잡한 생활환경을 잊는다는 것은 중요한 일이다.

화려한 철쭉의 군락보다 산길을 혼자 가다 만나는 도라지꽃이나 1,000미터 고소에 외로이 피어 있는 금강초롱이 나는 그렇게 반갑다. 지난날 그린란드 바닷가에서 크고 작은 빙산이 어느새 나타났다가 사라지는 것을 보고 일찍이 느껴보지 못한 고독감에 사로잡히기도 했다. 당시 그린란드의 툴레 공항 건물에는 "지구의 꼭대기"라는 문구가 있었는데, 화려한 문명사회에 이런 곳도 있나 싶었다. 그린란드는 우리나라의 20배나 되지만, 에스키모 5만 명 정도가 해안선을 따라 살고 있으며, 교통수단이 없어 서로 왕래가 별로 없다. 이런 황무지를 지난날 우에무라 나오미가 30여 일에 걸쳐 혼자 종단했다. 에스키모개들이 있었으니 엄격한 의미의 단독행은 아니었다. 그러나 얼마나 외로웠을까.

설악산에 산양의 동태를 살핀다고 비박하는 사나이가 있다. 나는 그와 산행을 몇 차례 같이해서 그의 감성이나 정신을 잘 안다. 그러나 설악산에 깊이 들어가 혼자 하는 비박이 그다지 즐거운 일만은 아니리라. 그에게는 남다른 사명 의식이 있겠지만 그것이 외로움을 대체할 수는 없을 것이다.

'솔로solo'니 '알라인강Alleingang'이니 하는 등반 스타일은 자신의 특권이며 남이 흉내 낼 수 없는 고유한 세계다. 산악인이 그렇게 많아도 단독행을 제대로 체험한 사람은 많지 않으리라고 본다. 역사적으로 제일 이른 단독행은 독일의 게오르그 빈클러가 바이스호른을 단독 등반하다 눈사태로 죽은 일이다. 그때 빈클러의 나이가 열아홉이었는데, 유해는 반세기 뒤 바이스호른 빙하에 나타났다.

일본 알프스는 우리와 자연 조건이 크게 다르지만, 단독행으로 알려진 사람들 여럿이 산에서 떠났다. 불행인지 다행인지 우리에게는 그런 단독 등반가가 없었는데, 1984년 남난희가 76일 간 홀로 태백산맥을 종주한 것은 한국의 등산 역사에 기록될 만한 일이다.《하얀 능선에 서면》은 그때의 산행기다.

혼자 간다고 반드시 고독하고 위험하지는 않다. 등산가는 혼자 가는 것이 원칙이며, 머메리는 이것을 방랑자의 원형이고 조건이라고 했다. 단독행은 알피니즘에서 가장 아름다운 산행 모습이다. 그 형식 속에 등산의 요소가 모두 들어 있다. 등산은 자유를 예상하고 전제로 하며, 단독행은 그런 세계의 극치이리라. 그러나 이 자유에는 조건이 따르며, 산악인은 바로 그런 조건의 규제를 받는다.

아웃도어란 무엇인가

영어사전을 펼치다 "I'm happiest when I'm outdoors."라는 말에 눈이 갔다. 밖에 있을 때 가장 즐겁다는 이야기다. 밖이란 집이나 일터를 벗어나 야외로 나가는 것이니, 늘 하던 일을 잠시 멈추고 홀가분하게 어딘가로 가서 자기만의 시간을 가진다는 의미다. 이런 생활은 예전에도 있었으나 부유층이라 해도 시골 별장에서 쉬는 것이 고작이었다.

그때는 '아웃도어'라는 말이 없었다. 지금은 나들이가 일반화되면서 아웃도어라고 부른다. 바다로 산으로 해외로 그 무대도 넓어졌다. 이런 생활 의식과 양식은 어디서 왔을까. 생활에 여유가 생겼다는 이야기겠지만, 아웃도어에는 현대적 의미가 있다. outdoor라는 말은 indoor의 반어지만, 그 뜻은 실외가 아니고 야외며 바로 '자연'을 말한다. 현대사회의 산물이라는 이야기다.

아웃도어 생활은 야외를 무대로 하지만 등산과 다르다. 등산은 어려움과의 싸움이지만 아웃도어는 전적으로 휴식을 의미한다. 유사점이 있다면 일상생활에서의 탈출이며 도피다. 그러나

서재의 등산가

등산은 에스컬레이트해서 높이와 어려움이 더해가지만, 이웃도어는 휴식이 끝나면 집으로 돌아온다. 아웃도어란 여유와 자유를 전제로 하는데 이때 가장 중요한 것은 그 시간을 어떻게 보내는가에 있다. 모처럼 얻은 여유와 자유가 낭비되고 휴식 아닌 피로를 가져오기도 한다.

아웃도어에는 일종의 특권이 있다. 펜션과 빌라와 호텔이 아닌 '야외'가 바로 그것인데, 야외에서 우리는 비로소 평소 도시생활에서 체험할 수 없는 자연현상인 달밤과 별하늘과 고요에 눈이 간다. 바쁘고 번잡한 일상생활에서 잊은 지 오래된 현상이다. 자유란 '○○으로부터의 자유'를 말한다. 우리는 야외로 나갈 때 비로소 일상적 염려와 구속을 잊는다. 이때 사람들은 시인이 되고 예술가가 된다. 누구에게나 있는 심미적 감성이 살아난다는 이야기다. 언젠가 읽은 시나 글귀가 생각나고, 부를 줄 모르는 노래도 혼자 흥얼거리게 된다. 나는 곧잘 한여름 지리산 노고단의 원추리 꽃밭을 생각하고, 적설기 덕유산의 설화를 눈앞에 떠올린다. 지난날 등산에서 체험했던 것이 오늘날 나의 아웃도어를 더욱 즐겁게 해준다.

아웃도어는 고원과 호수와 숲을 예상하고 전제로 하는 야외활동으로 우리 현실과는 거리가 있다. 문제는 그것을 어떻게 받아들이는가에 있다. 사람들은 야외에 나가면 으레 둘러앉아 먹고 마시며 큰 소리로 노래를 부른다. 모처럼 흥겹고 자유로운 시간을 누린다. 히포크라테스는 "인생은 짧고 예술은 길다."라고 했으며 워즈워스는 "생활은 낮게, 생각은 높이!"라고 읊었다. 그 짧은 인생 속에서 모처럼 찾은 아웃도어를 나는 잠시나마 시인답게 그리고 예술가답게 즐기고 싶다.

1970년대가 생각난다. 국민소득이 800달러였을 무렵 유럽에서는 젊은이들이 승용차 지붕에 자전거를 싣고 거리를 달리고, 캠핑카가 거리를 누볐다. 그들은 필경 알프스를 자전거로 넘으며 곳곳에 있는 캠핑사이트에다 끌고 온 본바겐(독일 캠핑카 브랜드)을 세워놓고 휴가를 즐겼을 것이다. 베르간스, 라푸마, 밀레 등 유명 브랜드가 흔했는데, 당시 우리에게는 없던 것들이다.

우리도 이제 그들이 조금도 부럽지 않게 되었다. 아웃도어의 무대가 어떻든 형식을 나무랄 데 없을 정도로 모습이 갖추어진 것이다. 계절도 없다시피 되었다. 너도나도 차를 끌고 나와 그야말로 인산인해다. 양보다 질을 생각할 때가 왔다.

어느 철학자가 신이 인간을 만들고 인간이 기계를 만들었다고 했는데, 우리는 그 기계문명의 혜택으로 살고 있다. 프랑스 등산가 폴 베시에르는 등산이 끊임없는 지식욕과 탐구욕과 정복욕의 소산이라고 했는데, 아웃도어는 단순한 생활 감정과 의식에서 왔다. 그런데 그 야외도 변질 변모했다. 지난날엔 모닥불이 중심이었으나 지금은 그런 분위기가 사라졌다.

"산속의 밤 모닥불이 그리는 사람의 실루엣. 그것은 레브란데스크의 힘 있는 필촉, 아니면 자연이 그린 가장 오래된 조용한 인물화." 이 글은 스물아홉의 나이로 일본 알프스에서 간 선구적 등산가의 단상이다. 깊은 산중 호숫가에 홀로 천막을 친 로빈슨 크루소가 마치 대성당에 있는 것 같다던 글이 생각난다.

"A new peace and elation entered his life."

이런 정신의 고양을 나는 아웃도어에서 만나고 싶다.

아웃도어 생활의 요체는 정적과 고독이다. 이때 정적은 무음의 세계가 아니다. 바람에 나뭇가지가 울고 옹달샘의 물소리가 들릴 때 정적이 깊어지며, 1,000미터 높은 곳에 홀로 피어 있는 금강초롱이 우리를 더욱 고독하게 만든다.

우리는 지금 여행이 자유로운 시대에 살고 있다. 많은 사람이 해외로 나가는데 돌아올 때 무엇을 가지고 오는지 모르겠다. 몽고와 티베트와 아이슬란드를 다녀왔다는 이야기를 들을 때 나는 가슴이 설렌다. 나 자신은 지난날 에베레스트와 그린란드를 체험했는데, 끝내 남은 것은 찬바람에 떨고 있는 에델바이스 군락과 만고의 고요 세계인 빙하호와 북극해의 크고 작은 빙산들이다. 그런데 이런 기억과 연상은 일상생활 중에는 상기하지 못하며, 어디론가 떠나서 마음이 홀가분해질 때 비로소 눈앞에 나타난다.

나는 인생에서 추체험追體驗을 소중하게 여긴다. 짧은 인생을 살며 자기의 부족함과 공허함을 달래고 채우는 길은 결국 추체험밖에 없다. 나의 생활의 바탕은 독서다. 책 속에 언제나 상대가 있다. 인간은 사회적 동물이라는 이야기다. 여기에 아웃도어가 가세할 때 내 상상의 세계가 넓어진다. 번잡한 일상을 벗어나 심사묵고深思默考하니 완전한 내 시간이다.

디지털화된 지금의 사회는 정보 인플레이션이라서 삶이 고달 프고 심신의 피로가 풀릴 날이 없다. 이것이 현대인의 운명이라 면 우리는 이 굴레에서 벗어나야 하는데 그 길이 쉽지 않다. 여 기에 아웃도어라는 현대적 삶의 지혜가 있다. 많은 준비가 필요 없고 가벼운 차림으로 떠나면 된다. 나는 그저 아웃도어를 즐기 며 그 속에서 인생을 되찾고 싶다. 이제 아웃도어는 우리의 생활 무대며 공간이다.

서재의 등산가

타이가에 천막을 치고 싶다

타이가는 시베리아의 소림지대를 말한다. 가문비나무와 자작나무가 군생하는 곳이다. 영화 『닥터 지바고』에는 열차가 이곳을 달리는 장면이 나온다. 나는 체호프의 〈시베리아에서〉를 읽고 타이가를 알았는데, 길지 않은 그 기행문 속에 있는 묘사가 나를 사로잡았다. 한때 새해를 맞을 때마다 5월이 되면 저 시베리아 철도를 타보고 싶었다. 그리고 도중에 내려 타이가에 천막을 치고 싶었다.

체호프는 1880년 4월 시베리아를 가로질러 멀리 사할린까지 갔는데, 아직 시베리아 철도가 개통되기 전이어서 마차로 석 달이 걸렸다고 한다. 5월이면 러시아에도 푸른 숲에서 휘파람새가 울고, 남쪽에는 벌써 아카시아와 라일락꽃이 피지만, 이곳 튜멘에서 톰스크로 가는 길은 숲이 벌거벗은 채 땅이 갈색을 띠며 호수와 높은 얼음에 덮여 어두침침했다. 강 둔덕이나 골짜기에는 아직도 눈이 남아 있었다.

오늘날 시베리아 철도는 모스크바와 나홋카 사이 9,500킬로미터에 이르는, 세계에서 가장 긴 철도다. 러시아의 자연은 북에서부터 동토지대(툰드라), 소림지대(타이가), 온대 활엽수림지대, 대초원(스텝)과 사막이라는 순서로 동서를 잇는다. 타이가는 시베리아 철도 중간의 예니세이강 부근에서 시작되며, 이곳에는 타이가라는 역도 있다. 소림지대의 나무들은 교목이라곤 하나도 없고 오직 관목뿐이다.

타이가의 박력과 매력은 끝이 보이지 않는 데 있는 것 같다고 체호프는 말했다. 첫날은 생각 없이 지나가지만, 이삼일이 되면 점점 놀라고, 닷새쯤에는 이 괴물의 배 속에서 빠져나가기가 어렵겠다는 생각에 사로잡힌다. 숲속 높은 지대에 올라가 사방을 둘러보면 눈앞으로 숲과 숲이 이어지고, 나무가 울창한 언덕이 나타나며, 이런 숲과 언덕 외에는 아무것도 보이지 않는다. 하루가 지나 다시 높은 데 올라서도 여전히 같은 모습이다. 이렇게 이어지는 삼림지대, 그 앞에는 도대체 무엇이 있는지 이곳 농부들조차 모른다. 그들은 그저 끝이 없다고 말할 뿐이라고 했다.

타이가는 이렇게 끝도 없지만, 그 하늘을 두루미 한 쌍이 울며 날고, 백조가 무리를 지어 가거나 들오리 떼가 날아간다. 이런 날짐승들의 모습은 보기에 아름답지만 어딘지 모르게 쓸쓸하고 마음을 울적하게 한다. 그런 모습에 나는 한없이 끌려, 체호프의 이 단편을 이따금 펼친다.

오늘날 시베리아 관광은 시베리아의 파리라고 하는 이르쿠츠크와 시베리아의 진주인 바이칼호를 둘러보는 것이다. 그래서 사람들은 대개 이르쿠츠크에서 내린다. 나는 그런 관광에는 취미가 없으며, 오직 타이가를 보고 싶을 뿐이다. 그 끝없는 소림지대에 천막을 치고 며칠을 지내고 싶다.

아웃도어 생활의 진수는 순수한 야성, 즉 자연성에 있다. 오늘날 지구상에서 그런 곳은 찾기가 어렵고, 그나마 시베리아 타이가 정도만 남아 있을 것이다. 시베리아 하면 연상되는 것은 도스토옙스키의 유형지지만, 체호프의 기행문을 알고부터 연상하는 게 달라졌다. "타이가는 끝이 없어 그 소림지대의 넓이는 철새만이 안다."라고 한 그 여정이 한없이 그립다.

100년 전에 체호프가 고생하며 마차로 달렸던 튜멘과 이르쿠츠크 사이를 여기저기 옮겨가며 천막을 치면 어떨까. 끝도 없이 이어지는 타이가, 전나무와 자작나무가 밀생한 숲, 군데군데 가로놓인 습지대……. 숲에서 해가 뜨고 숲으로 지는 그 광대하고 황량한 대자연 속에서 떼를 지어 날아가는 철새와 들오리의 무리를 바라보고 싶다. 오직 정적이 지배하는 타이가는 해가 지고 날이 어두워지면 만고의 고요와 추위의 세계로 변할 것이다.

오랜 세월, 시베리아는 혹독한 자연과 정치적, 사회적 비극의 대명사였다. 체호프의 시베리아 여행도 이런 시대의 산물이지만, 그는 뭐니 뭐니 해도 타이가에 눈이 갔다.

타이가의 어제와 오늘을 생각한다. 물론 19세기 체호프의 마차 여행과 20세기에 승용차로 달리는 타이가의 느낌은 같을 리는 없다. 세월이 흘러 정치적, 사회적 환경이 달라진 오늘날의 러시아를 생각할 때 시베리아도 많이 달라졌으리라. 그러나 한 가지 분명한 것은 체호프가 타이가의 크기를 철새만이 안다고 했던 그 대자연의 모습은 그대로라는 사실이다.

덕유산이 그립다

덕유산. 무주 구천동으로 오르던 덕유산이 문득 그립다. 높이는 1,614미터. 우리나라 산으로 그리 높은 편은 아니지만 그 덕유산이 잊히지 않는다. 높아야만 산이 아니다. 《한국명산기》를 쓴 김장호에 의하면 산에는 산격山格이 있다고 한다. 나는 그 산격을 덕유산에서 발견했다. 덕유산은 결코 준엄하거나 고고하지 않으면서도 사람을 끌어당긴다. 마음을 편하게 해주는 너그러움이 있는 곳이다. 그야말로 어머니 자연 같은 산이다.

그토록 무덥던 여름이 가고 엄동설한이 머지않은 이때 이 산에 생각난 데는 까닭이 있다. 여러 해 전 나는 찜통더위 속에 덕유산을 갔고, 눈 많은 어느 겨울에는 북덕유에서 남덕유까지 20킬로미터의 종주 길을 걸었다. 한여름 덕유산에는 사람이 없었다. 모두 바다로 갔는지 아무도 없었다. 무주 구천동을 거쳐 백련사에서 시작하는 오름길은 끝이 없는 듯했다. 가도 가도 전망은 열리지 않았고, 가파른 돌길이 이어져 걷기가 매우 힘들었다. 준비한 물은 동난 지 오래였으며, 확확 달아오르는 지열에

숨이 꽉 막혔다. 덕유산의 여름은 원추리 꽃으로 유명한데, 그 많던 야생화가 한 송이도 눈에 띄지 않았다. 모두 타죽은 모양이었다.

드디어 도달한 정상부 산장은 샘물이 말라 있었고, 텅 비어 있었다. 해가 지며 점차 시원한 바람이 일더니 어둠과 함께 찬 바람이 불어 닥쳤다. 산장의 창문이 흔들리고 주위의 나무들이 울기 시작했다. 나는 여름에도 우모복이나 침낭을 챙기는데, 그날 처음 산에 온 일행들은 갑작스러운 추위에 밤새 잠을 이루지 못했다. 아침 녘 산장의 온도계가 영상 7도를 가리켰다. 서울은 영상 37~38도였다. 기온은 고도 1,000미터마다 5도씩 떨어진다는데, 나는 덕유산에서 그 사실을 실감했다.

나는 덕유산을 오를 때마다 히말라야를 연상한다. 에베레스트의 아이스폴을 지나 6,000미터 고소부터 로체 사면 밑까지 펼쳐지는 대설원을 걸었을 때 흰 눈의 복사열이 어찌나 심했던지 잊히지 않는다. 한여름 덕유산을 오르며 그 생각이 떠올랐다.

처음 덕유산을 찾았을 때 접근로를 몰라 멀리 돌아간 기억이 있다. 도중에 야영을 하고 다음 날 향적봉에 오르니, 눈앞에 느닷없이 야생화 군락이 나타났다. 원추리 꽃밭이었다. 나는 넋을 잃다시피 했다. 먼 훗날 에베레스트 산군에서는 에델바이스 무리를 보았고, 그린란드 북극 해안에서는 참황새풀 군락과 부딪쳤다. 지구상 오지 중의 오지에 외로이 피어 있는 야생화들. 도대체 누구를 위해 그토록 애처로운 모습을 보여주고 있을까. 한

서재의 등산가

여름 덕유산의 화려한 원추리 군락도 외롭기는 매한가지다.

과문한 탓일지 모르겠는데, 그토록 많은 사람이 이곳을 지나 갔지만 덕유산 향적봉 야생화에 대해 쓴 글을 본 기억이 없다. 원추리 무리는 지리산 노고단에도 있다. 노고단과 향적봉의 고도가 비슷한 것이 이 야생화가 군락을 이루는 조건인 모양이다. 등산가에게 산이 낮은 것은 달가운 일이 아니지만 봄철의 진달래와 철쭉, 여름철 한때의 원추리 군락이야말로 세계 어느 산군에서도 볼 수 없는 우리 자연만의 혜택이다.

나는 등산이 인생과 같다고 굳게 믿는다. 등산의 고소 지향성과 등산으로 얻어지는 남다른 지식과 체험이 인생과 다르지 않다는 이야기다. 근자에 삼십 대 여성을 알게 되었다. 업무에 시달리는 그녀는 이따금 탈출하고 싶어 산을 찾고 있었다. 히말라야 마칼루를 초등한 프랑스의 장 프랑코Jean Franco 대장은 "등산은 스포츠요 탈출이며 때로는 정열이고 거의 언제나 일종의 신앙"이라고 말했다. 그 탈출을 이 젊은이가 시도한 셈이다. 무엇보다 반가웠던 것은 그렇게 산에 갔다 돌아오면 산행기를 쓴다는 것이었다. 주위에 물들지 않고 오직 자기 생각으로 산을 찾는 그녀의 생활 세계가 산행기로 결실하고 있는 셈이다.

덕유산은 평범한 산이다. 그러니 이 산을 남달리 체험할 수만 있다면 그것은 그 사람의 복이다. 나는 일찍이 에베레스트와 그린란드에서 정일serenity과 무한immensity을 알았지만, 덕유산에서 얻은 것도 적지 않다. 이름에는 운명이 있다고 말한 철학자가 있는데, 덕유산德裕山이라는 이름이 바로 그렇다. 설악산과 같은 고고함은 없어도 덕스럽고 너그럽다. 덕유산은 산악인들이 공유하는 곳이지만 기도 레이가 "등산은 모두 초등"이라고 했듯 저마다의 덕유산이 있다.

근자에 덕유산을 처음 찾은 그 젊은 여성의 산행기를 보고는 기도 레이의 말을 나 혼자 되씹었다. 일행은 무주 리조트에서 케이블카로 정상에 올랐지만, 그녀는 혼자 무주 구천동과 백련사를 거쳐 끝없이 이어지는 길을 따라 정상으로 향했다. 무더웠던 여름, 산에 사람이 없었다니 얼마나 외로웠을까. 칼텐브루너의 히말라야 오디세이가 연상됐다. 간호사 출신의 오스트리아 여성이 홀로 알파인 스타일로 나선, 시시포스와 같은 그 고생길. 규모는 비교가 되지 않고 형식과 내용도 다르나 본질에서는 조금도 차이가 없다. 등산은 필경 산과 자기와의 싸움이다.

산은 행동의 장이면서 사색의 장이다. 누구나 산이 좋아 산에 가겠지만 그저 그렇게 끝나기에는 너무나 깊고 넓고 높은 곳이 산이다. 산에 담긴 자연성을 그대로 느끼고 알기는 결코 쉽지 않다. 산의 매력과 등산의 의미란 그런 것에 있다고 본다. 산에 가서 그대로 돌아오는 것이 일반적이지만, 그러고도 우리는 또 산으로 간다.

오늘날 세계는 과학기술 문명이 지배하는 가운데 등산 세계는 날로 퇴보하고 있다. 지난날 프랭크 스마이드가 편의성을 배척하고 경고했지만, 그의 주장은 오늘에 와서야 더욱 실감하게 되었다. 그 옛날 머메리가 "정당한 방법으로"라는 말을 했다. 그런데 오늘날 우리가 취할 정신과 태도 역시 '정당한 방법으로'다. 지구상의 모든 산이 알려질 대로 알려졌지만 오늘날 알피니스트가 갈 곳은 그래도 산밖에 없다. 그 삼십 대 젊은이가 외로이 오른 한여름의 덕유산은 바로 그런 세계였다.

나뭇잎이 떨어지면

나뭇잎이 떨어지는 계절이다. 낙엽에서 인생의 가을을 느낀다고 하는데, 나는 그런 애수에 젖은 적이 없다. 다만 나무에서 잎이 떨어지는 것을 보면 독특한 정취를 느낄 따름이다. 옛날에는 가을 하늘을 보고 천고마비라고 했으나, 나는 자작나무와 낙엽송 숲이 잦아내는 밝고 아름다운 정경을 눈앞에 그린다.

이효석의 〈낙엽을 태우면서〉라는 글이 있다. 낙엽을 태우는 일이 별 것 아니지만, 긴 세월 살며 낙엽을 태워본 사람은 거의 없을 것이다. 그래서 그 글이 나왔을까. 나뭇잎은 계절이 오면 으레 떨어지는데, 낙엽을 태우던 정취는 우리 주변에서 사라진 지 오래다. 원래 낙엽을 태운다는 것은 자기 집에서 나뭇잎을 태우는 것을 말한다. 그런데 지금 그렇게 사는 사람은 거의 없으며, 설사 있다 하더라도 도심에서는 태우지 못한다.

1960년 초 나는 북한산 밑 우이동 근처로 거처를 옮겼다. 집 없는 서러움에서 벗어나게 되었는데, 허허벌판에 자리 잡은 단독주택으로 뜰이 넓었다. 담이 없어 자작나무와 낙엽송 묘목으로 주변을 둘렀고, 뜰 한가운데 후박나무를 심었다. 그리고 잔디를 깔았다.

동네에는 뜰에 나무를 심은 집이 별로 없어서 우리 집이 돋보였는데, 나무들이 자라며 보기에 좋았지만 잔디가 제구실을 못하고 말라버렸다. 가을이 되자 문제가 생겼다. 나뭇잎이 떨어지며 바람에 날렸다. 처음에는 떨어진 잎을 쓸어 모아 뜰 한가운데서 태웠다. 낙엽에 불을 지피는 재미가 독특했는데, 낙엽이 쌓이면서 그 재미가 고역으로 변했다. 무엇보다 연기가 심했고, 바람이라도 불면 온 동네로 번져 더 이상 태울 수가 없었다. 결국 뜰을 파고 나뭇잎을 묻기 시작했다.

독일의 슈바르츠발트Schwarzwald는 이름 그대로 '검은 숲'으로 유명한데 그 광대한 지역 일대가 전나무 숲이다. 그러나 나는 거기가 자작나무와 낙엽송으로 덮였다면 얼마나 멋있을까 가끔 생각한다. 그러면 늦가을과 초겨울의 그 정경은 그야말로 '피토레스크', 그림처럼 아름다울 것이다.

당시 우리 집은 넓은 뜰에 스위스의 샬레chalet 비슷했다. 언젠가 독일 친구가 왔다가, 마치 목동들이 높은 산에서 오두막으로 이용하는 알프스의 산장 같다고 한마디 했다. 그러나 이런 분위기도 오래가지 못했다. 주위에 큰길이 생기고 상가들이 들어서며 사람과 차의 왕래가 심해졌다. 낙엽을 태우는 것은 서정적이지만 어디까지나 환경이 중요하다. 나는 낙엽을 태우는 일에서 모닥불을 연상한다. 다만 낙엽은 뜰에서 태우고 모닥불은 산에서 피워야 제격이다.

나뭇잎이 떨어진다는 것은 조락凋落의 계절을 말하는데, 그것은 일양래복―陽來復을 전제로 한다. 타고난 재능으로 아름다운 소품을 남긴 이효석은 깊어가는 가을에 삶의 보람을 느낀다고 했다. 그는 다가오는 겨울을 어떻게 지낼 것인지 이것저것 궁리하고 있었다. 사람 사는 모습이 따로 없다. 계절에는 언제나 그 계절대로의 정취가 있으며, 그것을 자기 삶에 어떻게 받아들이는가에 계절의 의미와 보람이 있으리라.

계절이 전하는 인상은 끝이 없다. 지리산 칠선계곡에서 적설기 훈련을 했을 때 우리는 고사목을 태우며 춥고 긴 밤을 지새웠다. 주문진 바닷가 송림에서 모닥불을 피운 적도 있다. 그러자 지나가던 경찰이 바람이 강하니 불조심하라고 주의를 주었다. 우리는 타오르는 불꽃과의 대화로 서로 말이 없었고, 밤늦게 텐트에 들어갔다. 모닥불은 여럿이 지펴야 맛이 난다. 요즘은 오토 캠핑이 유행하고 여기저기에 캠핑장이 있지만 승용차와 텐트로 붐비는 곳에서 모닥불은 생각지도 못할 것이다. 밤새 지지고 볶고 마시며 떠드는 외에 무엇이 있을까.

나는 이따금 파스칼의 말을 '인간은 상상하는 동물'로 고쳐보곤 한다. 상상은 생각과 조금 다르다. 집을 북한산 산록에서 수락산 근처로 옮긴 지 오래인데, 머리에서 늘 떠나지 않는 것이 지난날의 자작나무와 낙엽송이다. 나는 '상상하는 동물'로 언제나 내일을 머릿속에 그린다. 낙엽을 태우고 모닥불을 피우지는 못해도 지난날을 회상하고 무엇인가 상상하는 것은 내 자유다. 누구에게도 지장이 없고 해가 되지 않는 나만의 자유다. 내게 실현을 예상하고 전제로 하는 꿈은 없어도, 내 상상의 세계는 언제나 갈매기 조나단처럼 멀리멀리 난다.

산의 자유를 찾아서

입추는 한자로 '立秋'라고 쓰지만 한여름 8월 상순이다. 그러나 입추 하면 먼저 가을이 생각난다. 언젠가 이 무렵에 산친구들과 설악산을 찾았다. 조금 색다르게 간다고 내설악 십이선녀탕을 올라 서북주릉에 붙지 않고 도중에 마등령으로 방향을 바꾸었다. 흔히 가는 길이 아니었다.

등산을 좋아하는 사람에게 설악산은 언제나 첫째로 꼽히는 곳이다. 우선 이름이 풍기는 멋은 다른 산에서 찾기 어렵다. 그리고 봉우리가 푸르게 보인다는 대청이며 공룡의 등처럼 암봉들이 용솟음치는 공룡능선이며 암봉들이 용의 송곳니처럼 늘어져 있는 용아장성 등 멋진 이름들이 사람의 마음을 끈다.

설악산은 높지 않아도 내게는 잊히지 않는 산이다. 등산의 무대로 논한다면 충분히 한 편의 논문감이다. 등산의 조건을 골고루 갖춘 곳이라는 이야기다. 산사나이들에게 설악산의 이미지는 다양하다. 엄동설한에는 한마디로 무서운 곳으로 조난 사고도 자주 일어난다. 여기서 1969년 한국산악회의 엘리트 산악인

10명이 눈사태로 몰사한 사건은 우리나라 등산 역사에 영원히 기록된 일대 참사였으며, 나도 1976년 에베레스트 훈련 때 느닷없는 폭설로 유능한 젊은이 셋을 잃었다.

흥미로운 이야기도 적지 않다. 너무 힘들어 정상을 눈앞에 두고 울음을 터뜨린 여대생, 혼자 설악산을 넘다 날이 저물고 길을 몰라 나무 밑에서 울며 밤을 지새웠다는 은행원이 있는가 하면, 어린아이들을 데리고 부인과 넷이 7박 8일 동안 쉬엄쉬엄 대청을 넘었다는 색다르고 멋진 사나이를 나는 안다.

괴테의 《젊은 베르테르의 슬픔》 첫머리에 "떠나오길 잘했다."라는 말이 나오는데, 대청에 설 때마다 나는 이 말이 생각난다. 넓고 푸른 동해에 시선을 빼앗기기보다 눈앞의 용아장성과 공룡능선에 정신을 잃는다. 그 장대하고 경이로운 위용을 뭐라고 해야 할지 모르겠다. 그리고 멀리 울산암의 거대한 바윗덩어리에 눈이 간다. 이때의 감격은 만일 케이블카로 편하게 단시간에 오른다면 절대로 느끼지 못할 것이다. 땀 흘려 한 걸음 한 걸음 오른 설악산에서 비로소 알게 되는 인생의 환희다.

설악산의 대청에 이르는 길은 여럿 있다. 가장 일반적인 길은 천불동과 오색 약수터길 그리고 용대리에서 오르는 마등령길이다. 물론 어디로 가나 시간이 걸리고 힘이 들지만 산행이 어렵거나 위험하지는 않다. 그러나 이렇게 가서는 설악산의 진가와 진미를 모른다. 그렇다고 산사나이들이 즐기는 길을 따라갈 것은 없다.

나는 언제나 나만의 방식으로 산에 가기를 좋아한다. 등산은 원래 일상에서 잠시 벗어나는 일이다. 가볍고 자유롭고 즐겁게 가는 길이다. 그런 산행에서 머루와 다래 넝쿨과 만난 일이 있다. 내설악 십이선녀탕 계곡을 깊숙이 들어간 어느 날이었는데, 그때 그 향기와 맛을 어떻게 표현해야 할지 모르겠다. 남들이 별로 가지 않는 산길이어서 그런 열매가 있었겠지만 그런 머루와 다래를 다시는 만나지 못했다.

젊었을 때 내 산행 목록에서 덕유산을 뺄 수가 없다. 높이라야 1,614미터지만 나는 우리 산에서 설악과 덕유가 제일 마음에 든다. 특히 한여름 정상 일대를 덮는 그 원추리 꽃밭과 눈이 깊은 북덕유에서 남덕유 사이 20킬로미터 산길에 펼쳐진 설화의 화려함을 다른 데서는 볼 수 없다.

덕유산이 높지 않아도 백련사에서 향적봉 정상에 이르는 여름철의 끝없는 오르막길은 한마디로 생지옥이다. 어느 무더웠던 여름, 교회 젊은이들을 데리고 덕유산에 간 적이 있다. 정상 산장에서 하룻밤을 예정한 나는 산의 냉기를 알고 있어서 일행에게 긴소매와 긴바지 그리고 음료수를 충분히 준비하라고 하고, 나 자신은 냉동된 물통을 여럿 가지고 갔다. 물론 모두 반바지 반소매에 작은 물통을 챙긴 가벼운 차림이었다.

그날 덕유산에는 원추리 꽃이 하나도 눈에 띄지 않았다. 더위도 더위지만 산에는 물이 한 방울도 없었으니 억센 야생화들도 모두 말라죽은 모양이었다. 하지만 그런 날 산길을 오르던 젊은이들의 아우성이 더 문제였다. 끝없는 오르막길에 무덥고 물까지 없으니 얼마나 힘들었을까. 그때 나는 배낭에서 얼음덩어리들을 꺼냈다. 순간 모두 환호성을 터뜨리고 활기를 되찾았지만 그것도 잠시였다. 날이 저물어 산장의 창문이 바람에 울었다. 덕유산 정상의 냉기가 엄습한 것이다. 결국 반소매 반바지 차림의 젊은이들은 추워서 밤새 잠을 설쳤다. 기온은 1,000미터에 5도씩 떨어지고 바람이 불면 체감온도까지 겹친다. 히말라야 고산이나 국내 저산이나 구별이 없는 자연법칙이며 현상이다. 그날 덕유산의 기온은 영상 7도였다.

미국에서 나오는 등산교본에 《마운티니어링》이 있는데 부제가 재미있다. '산의 자유를 찾아서.' 별것 아닌 듯하지만 깊고 중요한 뜻이 있다. 산의 자유는 등산의 지식과 기술 그리고 체험을 갖출 때 비로소 얻어진다는 이야기다. 그런데 이것은 등산 이전에 우리 인생 이야기가 아닐까. 나는 지식과 체험의 누적 과정인 인생을 생각한다.

오늘날 우리는 부족함과 불편함이 없는 생을 누리는 것 같지만 실제는 어떠한가. 인간은 필경 자연과 문명 사이에서 샌드위치 신세로 살아가기 마련인데, 이때 우리가 언제나 더욱 가까이 할 것은 문명보다는 자연이다.

잊을 수 없는 두 산악인 목동

산친구 중에 목동들이 있다. 말 목장과 엘크 목장을 가지고 있는데, 말 목장은 대관령 가까운 진부의 숲속에 있고, 엘크 목장은 주문진 바닷가에서 멀지 않은 야산에 있다.

이따금 이들 목장에 가서 넓은 초원이나 야산에 텐트를 친다. 산에서는 겨울철 깊은 눈 속에 텐트 치기를 좋아했는데, 언제부터인가 바닷가 송림이나 목장 같은 데서 야영하는 버릇이 생겼다. 지난날 에베레스트와 그린란드의 추위와 무료함과 고독 속에서 캠핑하던 것과는 별세계인데, 그 나름의 분위기가 있다.

아웃도어는 집을 떠난 야외를 말하며 그 무대는 대체로 해변이나 호숫가, 야산이다. 그런데 산사람들은 깊은 산속에서 야영하는 것을 원칙으로 여기지만, 이따금 거칠고 고된 환경에서 벗어나 심신의 피로를 풀고 싶어한다. 말 목장이나 엘크 목장이 그런 곳이다. 산에는 자유가 있다는 것도 옛날이야기며, 지금은 야영과 취사가 금지되어 있고, 모닥불은 생각지도 못한다. 물론 국립공원 일원의 이야기지만, 말 목장이나 엘크 목장은 다르다. 일종의 특권이 있는 셈인데, 개인의 소유지여서 그렇다.

어느 늦가을, 말 목장 초원에 텐트를 친 일이 잊히지 않는다. 우리는 모닥불 주위에 둘러앉았다. 통나무가 활활 타오르는 모습은 멀리 인류 조상의 원시시대를 방불케 했다. 하루의 사냥을 끝내고 그날의 노획물을 중심으로 불 옆에 둘러앉은 모습은 분명 오늘날 우리가 즐기는 캠프파이어의 원형이 아닐까 싶다.

목장은 으레 촌락에서 멀리 떨어져 있기 마련이다. 그렇다고 누구도 멋대로 고성방가하지 않으며, 언제나 조용하다. 가끔은 목동이 색소폰을 들고 나와서 모두 그 독특한 음률에 끌려 들어간다.

말 목장의 목동은 일찍이(1974년) 에베레스트의 꿈을 안고 있었으나, 너무 어린 미소년이어서 그 대열에서 빠졌다. 그것이 한이었는지, 그는 그 뒤 혼자 남미의 최고봉 아콩카과(6,961m)에 갔다가 하산길에 빙하지대를 헤매다 마침 경비원에게 붙들려 한동안 곤욕을 치렀다고 한다. 세월이 흘러 먼 훗날, 용평 국제산악스키대회에서 그와 만났는데, 그리고 끌려간 곳이 말 목장이었다. 규모는 50만 평. 10여 필의 준마들이 넓은 초원에서 풀을 뜯고, 무리 지어 달리고 있었다. 영화에서나 볼 수 있는 모습이었다.

말 목장의 운영에는 남모르는 어려움도 있는 모양이나, 그 유별난 사나이의 옷차림과 표정은 언제나 보기 좋고 밝았다. 그가 지난날 러시아의 볼가강에 갔다는 이야기를 해서 놀랐다. 요즘처럼 여행이 자유로워도 잘 가게 되지 않는 그 멀고 외진 곳에 코사크말을 보려고 갔다는 이야기다. 역시 남다른 데가 있었다. 나는 숄로호프의 《고요한 돈강》을 생각했다.

그날은 보기 드물게 맑고 추운 날이었다. 태양은 무지개 무리를 지며 흐렸고, 북풍이 거세게 불었다. 대초원은 눈보라였다. 그러나 지평선 일대는 맑았으며 동쪽 끝에 연보랏빛 아지랑이에 덮인 광야만이 흐려 있었다.

숄로호프가 그린 앙상하고 쓸쓸한 러시아의 자연을 말 목장 친구와 같이 가보고 싶었다. 그리고 볼가강 강변에 텐트를 치고 며칠이고 있고 싶었다. 독일어에 피토레스크라는 말이 있는데, 그림처럼 아름답다는 이 말은 적어도 러시아 풍경에는 맞지 않는다. 알프스는 언제나 그림같이 아름답지만, 시베리아 지방의 광야는 멀리 지평선까지 거무스름한 구름이 낮게 깔린 음산한 풍경을 연상케 한다.

목장의 밤이 깊어가고 냉기가 돌았다. 하늘의 별들이 유난히 크고 빛났다. 젊은 친구가 큼지막한 오각형 텐트를 치고, 지난 날 알프스에 간 이야기를 했다. 그는 직장에 장기휴가를 내고 샤모니와 체르마트에서 지냈는데, 그때 알프스의 침봉 중 하나인 4,013미터의 당 뒤 제앙을 오르며 '정당한 방법으로'를 생각했다며 좀처럼 듣기 어려운 이야기를 했다. 19세기 후반 머메리가 도전하다 "정당한 방법으로는 절대 오르지 못한다."라는 말을 남긴 곳이다. 목장의 밤이 깊어갔다.

나는 주문진 바닷가 야산에 있는 엘크 목장과 깊은 인연을 가지고 있다. 널리 알려진 대관령 젖소 목장과는 또 다른 세계가 이곳인데, 엘크는 한 마리뿐 목장도 시설이라고 할 것이 없다. 어느 날 그놈이 망가진 울타리 사이로 도망갔다가 다음 날 돌아왔다. 그래 봐야 갈 데가 없고 먹을 것이 없다며 목동은 웃었다. 목장 한쪽의 작은 물구덩이에는 해마다 오리 한 쌍이 날아와 새끼를 까고 기르다 때가 되면 다시 날아간다고 했다. 이 바쁘고 부질없는 행동과 사색 속에 어쩌면 그렇게도 완만하고 무심하며 고립된 세계가 있을까.

엘크 목장은 이 사나이의 생활수단일 터인데, 그는 그저 그런 생활을 즐기고 있는 것 같았다. 목장 한쪽에는 허름한 통나무 집과 온돌방이 있고, 책과 턴테이블도 있다. 수도가 있지만 구식 펌프 물이 시원하고 더 좋다. 그는 일찍이 히말라야도 갔던 알짜 산사나이며, 무엇보다도 나투르킨트, 즉 자연아다. 세속에 얽매이지 않고 생각이나 행동이 자유롭고 남다르다. 언제 만나도 화제가 풍부하며 웃는 얼굴이다.

이 친구와 알게 된 데는 일말의 인생 드라마 같은 것이 있다. 주문진 바닷가의 카페 '고독'으로 우리는 급속히 가까워졌다. 언젠가 등산 잡지에 실린 짤막한 글 한 토막에 압축된 사연들이 매체가 된 셈이다. 1980년대 초, 처음으로 내가 옮긴 라인홀트 메스너의 낭가파르바트 단독 등반기 《검은 고독 흰 고독》에 심취한 산사나이가 훗날 동해안에 카페를 내며 그 이름을 '고독'으로 했는데, 그가 지병으로 타계한 뒤 고인의 부인이 외로이 카페를 지키며 어려운 삶을 살고 있었다.

나는 산친구들과 엘크 목장에서 캠핑하며 이 카페에 가곤 했다. 때로는 혼자 그곳 테라스에서 비박하며 별과 바다를 바라보기도 했다. 카페의 에스프레소는 유난히 맛이 좋았으며, 엘크 목장의 목동도 에스프레소를 즐겼다. 그는 나더러 언제라도 목장에 와서 쉬라고 하는데, 귀가 솔깃한 이야기지만 실은 그러기도 쉽지 않다. 나는 커피와 원고지와 만년필이 있으면 그밖에 부러운 것이 거의 없다. 그러나 필경 사회적 동물, 늘 살던 곳을 떠나 멀리 동해안 야산에서 그렇게 지내게 되지는 않는다. 사람에게는 누구나 자기 삶이 있으니 말이다. 말 목장과 엘크 목장은 한가롭다고 언제나 놀러 가는 곳이 아니다. 일상적 번잡에서 벗어나고 싶을 때 마침내 시간이 있어 찾아가게 되는 곳이다.

나는 지난날 에베레스트라는 극한적 수직의 세계와 그린란드의 무한한 수평의 세계를 체험하고, 노후에 목장의 초원과 바다 근처 야산을 알게 되었다. 그래서 더욱 행복을 느끼게 되는지도 모른다. 내게 말 목장과 엘크 목장은 필경 이 극한적 세계의 산물인 셈이며, 인생 후기에 남달리 경험하는 일종의 사치이기도 하다.

서재의 등산가

눈꽃을 찾아서

겨울이 오면 덕유산의 설화가 생각난다. 북덕유에서 남덕유까지 20킬로미터 남짓한 능선, 그곳에 피었던 설화의 아름다움. 산이 남긴 인상은 많아도 그때 그 설화가 그저 눈앞에 아물거린다. 어느 해 설날이었다. 눈이 왔는데 마침 젊은이 몇몇이 찾아와 덕유산에 가자고 했다. 설화를 보러 가자는 것이다. 덕유산은 즐겨 찾은 곳이었지만, 설화는 이때가 처음이었다. 나는 마음부터 뛰었다.

우리나라 산은 높지 않아도 또 다른 정취가 있다. 나는 그저 산자수명이라는 이유로 자연을 좋아하는 것이 아니다. 산은 내게 무엇인가를 언제나 생각한다. 그런 생각 속에 덕유산이 있다. 높이라야 1,614미터로, 우리나라의 낮은 산 중에서도 낮은 편인 덕유산에는 다른 데 없는 것이 있다. 한여름 향적봉 일대를 뒤덮는 원추리 꽃밭과 무덥다 못해 지옥 같은 더위에 오르는 오르막길이 이 산의 매력이기도 하다.

여름이 그렇다면 겨울의 덕유산은 어떨까 했는데 마침 설화

이야기가 나온 것이다. 설화라야 필경 나뭇가지에 붙은 눈꽃인데, 그것이 어찌 덕유산뿐이랴. 그런데 사정이 달랐다.

우선 설화라는 말이 재미있다. 한자로 '雪花'인데, 눈의 세계로 이름난 알프스나 히말라야에는 설화가 없다. 고산에는 초목이 없으니 눈이 내려도 붙을 데가 없다. 그렇다면 낮은 산은 어떤가. 여기서 덕유산이 돋보인다. 특히 북덕유에서 남덕유로 이르는 능선길이 그렇다. 나무에 눈이 내린다고 다 설화가 되는 것은 아니며, 나무도 관목이어야 한다. 교목은 높기만 하지 꽃이 필 가지가 없는데 관목은 낮은 키에 가지가 퍼져 눈이 달라붙기에 안성맞춤이다. 그래서 나뭇가지마다 설화가 피게 된다. 덕유산의 20킬로미터, 그 길은 마침 키 작은 나무들이 주위를 덮어서 눈이 오면 설화의 세계로 변한다.

등산에는 종주縱走라는 색다른 과정이 있다. 가장 널리 알려진 것이 지리산 45킬로미터 종주일 것이다. 동쪽 천왕봉에서 서쪽 노고단까지를 말하는데 회갑에 혼자 그 길을 무거운 배낭을 지고 하루에 가다시피 했다. 나의 장년 시절 이야기다. 사실 지리산 종주는 이렇다 할 것이 없다. 도중에 물도 있어 물 걱정도 없다. 그런데 덕유산 설화길은 거리는 짧지만, 눈이 온 한겨울 걷기에는 그 이상 가는 데가 있을 것 같지 않다.

산악인으로서 내가 젊은이들과 느닷없이 겨울날 덕유산으로 간 것은 그냥 설화가 보고 싶어서가 아니었다. 내 인생의 공동空洞을 느끼고 그 빈 데를 채우고 싶었다. 나는 지금까지 국내 야산도 제대로 가보지 못해, 이것이 늘 마음에 걸린다. 이를테면 연약한 산악인인 셈이다. 파스칼이 《팡세》에서 "인간은 갈대같이 약하다. 그러나 생각하는 갈대다."라고 했듯이 나는 늘 생각을 하며 산에 갔다. 그래서 산에 대한 느낌이 남다르다.

등산을 아는 사람은 가보지 못한 곳을 언제나 그리워한다. 일종의 '동경'인데, 등산은 높은 곳을 바라보지만 실은 먼 곳에 대한 그리움이라고 나는 생각한다. 먼 곳이란 필경 가본 적이 없는 곳이 아닐까.

안톤 체호프의 단편을 읽고 거기 나오는 시베리아의 타이가에 무척 가보고 싶었다. 아름다운 몽상으로 끝나고 말았지만, 덕유산의 눈꽃은 달랐다. 규모는 비교가 되지 않아도 내 인생의 공백을 채우기에는 조금도 부족하지 않았다. 그래서 그 일이 그렇게 잊히지 않는지도 모른다. 겨울이 오고 눈이 내리면 젊은이들과 찾았던 그 길이 생각난다. 덕유산에 여러 번 갔으면서도 북덕유에서 남덕유로 가볼 생각은 한 적이 없었다. 하기야 그 길은 산길로는 매력이 없다. 그런데 눈꽃이 필 때 그 20킬로미터 남짓한 능선을 어디에 비할 것인가.

이처럼 자유로운 여성은 처음

2019년 초 어쩌다 나는 일본의 젊은 여성 클라이머와 꼬박 한 달을 같이 지냈다. 이런 여성은 처음이었다. 정확히 말하면, 이 사람이 살아온 40여 년의 모습에 끌려 평전을 읽다 끝내 번역까지 하게 되었다는 이야기다. 《태양의 한 조각: 황금피켈상 클라이머 다니구치 케이의 빛나는 청춘》이라는 책이다.

산에 미쳐 살다 불의의 사고로 일찍 사라진 한 여성 클라이머의 이야기다. 정말 보기 드문 한 인간의 생애였다. 그녀는 여성으로서 세계 최초로 황금피켈상을 받았지만, 그것에 비할 수 없는 남다른 인간성이 돋보였다. 그녀가 죽자, 생전의 파트너들의 감회까지 담은 평전이 나온 것은 결코 흔한 일이 아니다.

다니구치 케이谷口けい라는 클라이머는 어떤 사람이었을까. 그녀에게는 무엇이 있었던 것일까. 다니구치는 비교적 수준이 높은 유복한 가정에서 태어났다. 아버지는 일본 최고 학부인 도쿄대학 출신으로 대기업 간부였다. 그러나 그녀는 고교 시절 가정에서 뛰쳐나가 혼자 살았다. 일정한 직업도 없이 잡일을 하며,

누추한 주거 환경에서도 전혀 기죽지 않고 오직 자기 길을 갔다. 세상의 틀에서 벗어나 자유로운 삶의 길을 택한 셈이다.

젊었을 때의 그런 모습은 리오넬 테레이를 연상케 했다. 그러나 테레이에게 없는 것이 다니구치에게는 있었다. 그녀는 산과 만나기 전에 넓은 외부 세계로 나가, 자전거 여행을 하고, 어드벤처 레이스를 즐기며 세계의 이문화異文化와 접했다. 남다른 대인 관계와 환경 순응은 이런 폭넓은 삶에서 온 것이 틀림없다.

다니구치 케이는 솔로 클라이머가 아니어서 언제나 파트너가 있었다. 그녀는 평생 어느 조직에도 얽매이지 않았다. 따라서 등산 기술도 선배에게 습득한 것이 별로 없었다. 길지 않았던 그녀의 인생 동반자는 대부분 산에 같이 갔던 파트너들이었다. 다니구치의 매력은 클라이머로서 거둔 빛나는 성취가 아니었다. 그녀는 산에서 불의의 사고로 갔지만, 클라이머에게 흔히 있는 등반 사고가 아니었다. 원인은 끝내 밝혀지지 않았지만, 다니구치가 가고 나서 파트너들의 감회가 돋보였다.

"케이가 죽고 나서 비로소 내가 그녀를 사랑하고 있었다는 것을 알았다. 등산 파트너로, 마음이 통하는 친구로, 해외 원정의 리더로, 그리고 무엇보다도 여성으로." 그런가 하면 "나는 등산 기술이나 체력이 부족하기도 했지만, 케이의 인간으로서의 크기를 도저히 따라갈 수가 없었다."라고 진솔하게 자기 마음을 털어놓은 사람도 있었다.

평전을 그녀의 파트너가 썼다는 것도 놀라운 일이다. 세계 등산 역사에서 그런 일은 처음이었다. 평범한 산친구 한 사람의 글이 어쩌면 그렇게도 멋진지, 나는 번역 작업 한 달을 정신없이 지냈다. 책의 표제는 《태양의 한 조각》이다. 도대체 태양에 무슨 조각이 있다는 말인가. 그러나 이 평전을 읽으며 나는 점차 그 뜻을 알게 되었다. 다니구치는 언제나 태양 같은 사랑을 불태웠고, 그녀의 파트너들은 그 빛에 끌려다녔다.

다니구치 케이는 산에서만이 아니라 일상생활에서도 언제나 한계 속에서 살았다. 남달리 누추하고 빈곤한 삶 속에서도 대인 관계와 자기 관리에 철저했다. 그녀의 해외 원정은 단순한 최고봉이 대상이 아니었다. 히말라야 자이언트에 눈길을 주지 않고, 미답봉 중에서도 언제나 벽에 마음을 두었다. 자기만의 등반선을 그리고 싶었던 것이다.

한번은 눈이 너무 깊어 베이스캠프에서 벽까지 이틀이나 걸린 적도 있으며, 4일분 식량으로 6박 7일이 걸리는 등반을 해내기도 했다. 이런 상황에서도 다니구치는 그저 즐거워하며 늘 웃는 모습을 보여주었다. 그녀의 남다른 파트너십이 거기에 있었다. 그런 도전에는 다음은 어디로 갈 것인가만 있었다. 그처럼 그녀의 길을 받쳐준 것은 등반 기술이나 체력이 아니고, 오직 쾌활하고 명랑한 성격이었다. 그것에 이끌려 파트너들은 다니구치를 떠나지 못했다.

해외 원정 같은 규모가 큰 등산 활동에서 리더십과 파트너십이 얼마나 소중한지는 새삼 이야기할 것도 없다. 우리 주변에도

서재의 등산가

그런 원정이 적지 않았으며, 결과적으로는 원만히 끝나곤 했지만, 어려웠던 그 시련이 끝나면 그만이었다. 서로 간에 맺어진 우정과 유대가 눈에 띄지 않았다. 분명 뛰어난 클라이머들은 있었는데, 뒤에 길이 남는 경우는 거의 없다시피 했다.

나는 기나긴 세월 외국의 등반기를 여러 권 옮겼지만, 이번 《태양의 한 조각》 번역은 지금까지 해오던 그런 작업이 아니었다. 등반기 속에 매몰되어 주인공과 같이 지낸 기분이었다. 그러다 어느 순간 그녀가 눈앞에서 사라지자 나는 책상머리에서 고개를 들고 먼 산만 바라보았다. 망연자실이라는 말이 이래서 있나 싶었다.

마흔세 살은 결코 긴 인생이라고 할 수 없다. 어찌 된 일인지 우에무라 나오미도, 일본에서 최첨단을 가던 클라이머도, 그리고 또 다른 누구도 모두 같은 나이에 갔다. 그런데 다니구치 케이의 경우는 그 가운데서도 유별났다. 그녀는 사라졌어도 그녀의 정신이 더욱 힘차게 이어졌다는 이야기다. 그녀가 남긴 공백을 채우려고 파트너들이 저마다 나섰다.

다니구치 케이는 사회에서나 산에서나 제멋대로 살아간 것이 틀림없다. 그러나 그녀가 싸운 대상은 사회나 산이 아니라 오직 자기 자신이었다. 인생이란 누구에게나 필경 자기와의 싸움이다. 알피니스트의 삶이 가장 전형적인 예인데, 나는 우연히도 그런 싸움을 다니구치 케이라는 젊은 여성에게서 발견했다.

다니구치는 히말라야도 아닌 일본 국내에서, 그것도 표고

2,000미터 정도의 산에서 죽었다. 그녀에게는 '판드라Pandra'라는 히말라야의 미답벽이 남아 있었는데, 그 공백을 마저 채우겠다며 생전 파트너들이 저마다 등반을 선언하고 나서는 데서 평전이 끝난다. 그들의 배낭에는 《태양의 한 조각》이 들어 있었다.

여성 클라이머 다니구치 케이와 그녀의 평전 《태양의 한 조각》은 250여 년에 걸친 세계 등산 역사에 길이 남지 않을지도 모른다. 그렇다고 조금도 애석하거나 실망스럽지 않다. 사회인으로 또한 산악인으로 그녀가 살아온 그 길지 않은 청춘으로 충분하기 때문이다. 다니구치 케이의 인생관이야말로 화려한 과학 문명을 자랑하면서도 미래가 불투명한 이 세상에서 운명적으로 그날그날을 살아가고 있는 인간의 조건에, 그녀가 남기고 간 그 무엇이 우리의 인생에 한 가닥 가이드라인일 수도 있지 않을까 하고 나는 생각했다.

나는 그러나 알피니스트로서 후회나 불만이 전혀 없다. 산서 山書가 있기 때문이다. 등산 선진국의 고전들과 달리, 나는 다니구치 케이를 알게 되고 그녀의 리더십과 파트너십을 접하며 그전에 느껴보지 못한 막다른 세계를 보았다. 등산 세계란 그런 것이 아닐까.

서재의 등산가

3부
·
언제나 산과 연결되는 삶

사색과 체험 그리고 표현

인간이 어떤 동물이냐고 묻는다면 나는 바로 '호모 파베르'와 '생각하는 갈대'라고 대답할 것이다. 설명이 더 필요없다. 나는 중학 시절 《사색과 체험》이라는 책과 만나며 철학이라는 학문에 막연히 마음이 끌렸다. 일본의 저명한 철학자가 쓴 책이었다. 중학생으로서 내용은 이해할 수 없었지만, 그저 마음이 끌려 늘 책상머리에 놓아두었다.

사색이란 다름 아닌 생각이다. 특히 독일 철학에서는 사변철학이라는 평도 있을 정도로 '뎅켄denken'이라는 개념을 중요하게 여겼는데, 철학이 인간의 생각에서 시작된 학문이라는 것은 틀림없는 사실이다. 대학 예과 기숙사는 방마다 벽이 온통 낙서로 뒤덮여 있었는데, 내 방에는 벽에 'Denken'이라고 크게 낙서했던 기억이 난다.

나는 파스칼의 "인간은 생각하는 갈대"라는 말을 일찍 알았다. 세상에 생각하지 않는 사람은 없겠지만, 철학의 뎅켄이나 파스칼의 생각은 그런 막연한 이야기가 아닐 것이다. 일본 철학자의《사색과 체험》은 바로 그 구체적인 설명이었으리라.

산악인으로 사는 동안 내게 등산 세계는 바로 사색의 장이었다. 집에서는 산에 대한 책을 읽고 글을 썼으며, 밖에서는 언제나 간편한 등산 차림으로 산친구들과 만나 산에 대한 이야기를 했다. 등산이 생활의 연장인 셈이었다. 그러다 어느새 산에서 멀어지며 서재의 등산가가 되어버렸다. 다만 아파트가 고층이어서 가까이는 수락산이, 멀리는 도봉산이 보이니 다행이라면 다행이다. 나는 이따금 거실에 텐트를 치고, 그 안에서 커피를 마시며 책을 읽고 지난날 산에서 야영하던 기분을 되살려보기도 했다.

물론 고산 등산만 등산으로 본 것은 아니다. 표고가 낮은 설악산 같은 데서도 등산다운 체험을 맛볼 수 있다. 산에서의 사색과 체험은 산을 가는 사람의 자세에 달려 있으며, 엄동의 설악산은 그 좋은 무대다.

등산 선진국의 산행기 속에서 살다시피 하다가, 20세기 전후 일본인들의 산행기에 눈이 간 적이 있다. 서구의 등산 사조를 모르던 시절, 그들이 표고 3,000미터 산악지대를 배회하던 이야기다. 일찍이 일본에서는 불교 신도들이 깊은 산을 찾았지만, 내가 읽은 산행기는 그런 종교적 수행이 아닌 순수한 등산이었다. 당시 그들은 그 자체를 등산이라 하지 않고, 스스로 '산의 나그네 길'로 표현했다. 나는 특히 그들의 행차 모습에 관심이 갔다. 으레 짚신을 여러 짝 배낭에 매달고, 쌀과 된장을 준비한 다음, 우천에 대비해 기름종이까지 가지고 갔다. 텐트가 없을 때였으니 언제나 노숙을 하며 며칠씩 걸었다.

일본은 화산지대여서 곳곳에 온천이 있고, 고원과 호수와 야생화 군락 등 우리와는 자연환경이 매우 다르다. 그 무렵의 산행기는 상당한 분량으로 남아 있는데, 모두 당대에 이름 있던 지식인들의 것이었다. 자연히 산을 중심으로 한 그들의 사색과 체험과 표현의 세계였다. 사실 산악인에게 그런 사상과 체험의 기록을 기대하기는 어려우나 산에서의 사색과 체험은 소중한 것이니 어떤 형식으로든 남긴다면 등산가로서 더 바랄 것이 없다.

근자에 일본 단독 등반가의 기록을 통해 일본 알프스가 어떤 곳인지 알았다. 《풍설의 비박》이라는 표제부터 극적인 이 책으로 나는 알프스나 히말라야와도 다른 일본 자연의 참모습을 실감했다. 산에서 비박과 풍설을 체험하는 일이 우리 산에서도 있으나, 일본의 경우 등반가 두 사람이 우연히도 같은 시기에 같은 고소에서 심한 풍설을 만나 끝내 희생됐다는 사실이 돋보였다. 뜻밖에 산에서 심한 풍설을 동반한 비박을 체험한다면 산악인으로 멋지고 참다운 체험이 아닐 수 없으며 그 소중한 체험을 글로 표현했을 때 산악인은 일종의 자기 검증을 치르는 셈이다.

1977년 우리의 에베레스트 원정은 그야말로 멀고도 험한 행차였다. 당시 한 사람의 희생자도 없이 등정을 해냈지만, 100일에 걸친 과정은 험난한 나날의 연속이었다. 한마디로 좋은 기상상태가 큰 도움을 주었다고 지금도 생각한다.

에베레스트로 가는 길은 7월에서 9월에 걸쳐 온대에서 한대로 수직 이동하는 체험이었으나, 그 뒤의 그린란드 탐험은 이른 바 백야白夜의 두 달을 끝도 없는 수평 세계에서 산 것이었다. 그 야말로 망망대해나 다름없는 빙원에서 영하 37도 속에 블리자 드를 만나기도 했다. 그때 우리가 지탱할 수 있던 것은 이누이트 덕분이었다. 물론 식량과 연료가 충분히 있었고, 방한 차림도 빈 틈이 없었으나, 끝없는 빙원 한가운데서 만일 악천후가 며칠 계 속됐다면 이야기는 달라졌을 것이다.

《풍설의 비박》은 단독 등반가들로서는 너무나 불운이었던 셈 이다. 험한 준령을 빨리 넘어가려고 가벼운 차림을 했는데 느닷 없이 심한 풍설이 며칠 동안 불어닥쳐 생존을 위협한 것이다.

사색과 체험과 표현은 각기 다른 개념이지만 실은 서로 연결 될 때 그 개념의 세계가 더욱 확실해진다. 산악인은 생각 없이 산에 가지 않으며, 자신의 산행을 바로 표현하기 마련이다. 힘들 어도 그날의 목표로 향하고 행동하며 경우에 따라서는 야영도 하는데, 이때 야영은 일종의 표현이다. 말을 하고 글을 쓰는 것 만 표현이 아니라, 인간이 살아가는 것이 바로 사색과 체험이자 표현이다.

사람들 앞에서 말을 하고 책을 쓰는 것은 쉬운 일이 아니며 누구나 할 수 있는 것도 아니다. 또한 강단에 서지 않아도 친구 들과 이야기하고, 책을 쓰지 않더라도 편지나 일기로 자신을 표 현할 수 있다. 우리는 각자 자기만의 사색과 체험을 하는 셈인 데, 이때 평소 책을 읽었다면 이야기가 조금 달라진다. 사색의 세계가 넓고 깊어지며, 체험도 표현도 달라지기 마련이다.

기도 레이가 등산은 등산가의 수만큼 있다고 했는데, 우리 주변에서 남다른 산행 체험을 한 젊은이들의 이야기를 듣고 싶다. 그러나 그들은 말이 없고 남긴 기록도 없다. 교육에서 비롯된 문제가 아니다. 저명한 선구자 가운데 교육을 제대로 받은 사람은 별로 없다. 그런데 모두 역사적이고 기념비적인 산행기를 남겼다. 당시의 무대와 등산 조건이 달라진 오늘날, 그들의 사색과 체험과 표현을 흉내 내거나 따라갈 사람은 아무도 없다.

일본 등반가가 남긴 《풍설의 비박》은 세계 등산 역사에 길이 남을 만한 저술이 아닐는지 모르나, '사색과 체험과 표현'이 결정된 산악인의 세계였음에는 틀림없다.

저녁마다 길을 걸으며

저녁마다 주변을 걸은 지도 몇 해가 되었다. 그토록 뛰다시피 오르내리던 집 앞 수락산을 더는 갈 수가 없어서 이렇게 평지를 걷기 시작했다. 눈이 오나 비가 오나, 춥건 덥건 쉬는 날 없이 이렇게 저녁 시간을 보낸다. 그래 봐야 한 시간 정도의 산책이다. 알펜슈톡(등산용 지팡이)을 두 손에 들고 다니는데, 힘들어서가 아니라 오랜 세월 산에 다닌 버릇이다. 지나가는 사람이 왜 지팡이가 둘이냐고 물은 적도 있다.

이 길은 조용하고 사람들의 왕래가 적다. 길가에 나무들이 많고, 특히 봄철에는 개나리와 진달래와 철쭉이 핀다. 라일락도 있다. 늘 눈여겨보는 것은 노란 민들레다. 아무도 쳐다보지 않는데 누구를 위해 그토록 아름답게 피는 걸까. 민들레는 꽃도 예쁘지만, 그 잎이 재미있다. 마치 사자의 이빨 같다고 해서 영어로 댄딜라이언, 독일어로 뢰벤찬이라고 쓴다. 그러나 나는 우리나라 이름이 그저 마음에 든다.

길을 걷다 보면 대학 시절이 늘 생각난다. 당시 캠퍼스에는 봄철에 노란 개나리와 연보라 라일락이 예뻤다. 우리는 그 꽃들이 피어 있는 중앙도서관 앞에 모여서 강의시간표를 들여다보곤 했다. 모두 가난하고 프린트 교재로 공부하던 시절이었으나 젊은 기상은 대단했고 내일을 꿈꾸며 나날을 보냈다.

어두워지는 길을 걸으면 학생가를 조용히 부르는데, 아는 노래라고는 그것뿐이지만 6·25로 무참히 유린당한 대학 시절이 지금도 그립기만 하다. 그러던 저녁 산책이 요즘 분위기가 달라졌다. 지금까지 읽은 책의 구절들이 이것저것 생각이 난다. 나는 그 옛날에 어디선가 읽은 이 글을 잊지 못한다.

그날 밤 그들은 조용한 호숫가에서 야영했다. 대자연의 고요가 점차 깊어가자 랄프는 텅 빈 대성당에 홀로 앉아 있는 듯한 느낌이 들었다. 그때 그는 일찍이 느껴본 적이 없는 마음의 평화와 환희를 얻었다.

조 심슨의 글도 마찬가지로 떠오른다.

우리는 폭풍 소리를 들으며 침낭 속에 들어가 나란히 누웠다. 양초 불빛은 텐트 벽 색깔을 따라 빨간색과 녹색으로 변했다. 조의 물건들이 텐트 구석에 아무렇게나 밀쳐져 있는 것이 보였다. 나는 전날 밤의 폭풍을 생각하고 몸을 떨었다. 그때의 영상은 내가 잠들 때까지 남아 있었다. 저 위는 얼마나 추울까. 눈사태가 쏟아

져 얼음 절벽 밑의 크레바스를 채우고 있을 것이다. 조를 묻으면
서……. 나는 꿈도 꾸지 않고 깊은 잠 속으로 빠져 들어갔다.

그의 《허공으로 떨어지다》에 나오는 장면이다. 남미 안데스의
6,000미터급 미답봉에 도전한 2인조 가운데 하나가 파트너가 자
일에 매달린 채 죽은 줄 알고 그 자일을 끊고 혼자 베이스캠프
로 돌아갔을 때 이야기다. 나는 일찍이 에베레스트와 그린란드
의 대자연을 체험했지만 이런 가혹한 시련과 같은 것을 겪어보
지 못했는데 이런 상황에 그대로 감정이입하게 되어 그나마 다
행으로 생각한다.

나는 긴 세월을 산악인으로 살아왔어도 마음 한구석에 항상
채워지지 않는 것이 있다. 바로 알피니스트로서의 공백인데, 더
는 그것을 채울 수가 없어 지난날의 체험과 선구자들의 시련을
회상하게 된다. 체력은 약해졌어도 사고 회상에는 지장이 없어
저녁 산책을 하며 지난날 읽은 구절들을 생각한다.

오늘날 100세 인생 이야기가 자주 화제에 오르는데, 사람은
얼마나 오래보다는 어떻게 사느냐가 중요하다. 가까이 지내던 친
구들이 거의 가고, 나 혼자 남은 기분이다. 편지를 주고받을 데
도 없고 정다운 이야기를 나눌 상대도 없다. 긴 세월 남달리 정
열과 의욕을 가지고 앞만 보며 살아왔지만 모든 일이 전과 확실
히 다르다는 것을 느낀다. 그토록 즐기던 음악을 멀리한 지 오래
고, 요즘은 바흐의 무반주 바이올린 소나타와 파르티타 여섯 곡

만 듣고 있다.

"나이가 들어 시간을 보내는 것은 하나의 사치"라는 글을 읽은 적이 있다. 노후에 새삼 무슨 일을 할 것이며, 그 무료한 시간을 어떻게 보낼 것인가는 인생 후기에 누구나 부딪치는 일이지만, 그런 속에서 할 일이 있다면 그것이야말로 특권이며 사치인 셈이다.

하기야 지금도 꿈이 있다. 알피니즘 세계에는 무서운 시련이 한둘이 아니겠지만, 《풍설의 비박》이 보여주는 상황이 근자에 나를 강력하고 집요하게 사로잡고 있다. 일찍이 일본 알프스에서 뜻밖의 풍설에 휩쓸려 악전고투하는 이야기다. 등반기란 필경 남의 이야기지만 그것을 자기 것으로 할 수 있다면 행복한 일이다.

칼텐브루너의 열정

올여름은 무척 무더웠다. 하지만 7월 12일부터 8월 20일까지 나는 외국 등반기에 매달려 무더위를 보냈다. 오스트리아 여성 등반가 겔린데 칼텐브루너의 히말라야 도전 이야기였다.

이 책을 우리말로 옮기며 제일 먼저 느낀 것은 칼텐브루너야말로 참다운 알피니스트라는 것이다. 병원에서 일하던 평범한 간호사가 어떻게 그토록 산에 끌리고 히말라야에 빠져들었는지 모르겠다. 산이 좋아 산에 가는 일은 흔하다. 등산 애호가니 주말 하이커니 하는 말이 오늘날 생활용어가 되다시피 하고 있으며, 그런 사람들이 알프스와 히말라야를 돌아다니고 있다. "등산은 스포츠가 아니라 삶의 방법이다."라는 조지 핀치George Finch의 말이 저절로 생각난다.

칼텐브루너는 그저 그런 일반인이 아니다. 어느 날 혜성같이 나타난 이 산악인은 매우 유별났다. 여성으로서 히말라야 8,000미터급 고봉에 도전했다고 해서가 아니다. 등산 세계에서 남녀 구별이 없어진 지는 오래나, 그녀의 등산 정신과 산을 대하는 태도는 남달랐다.

이런 사실을 그녀의 등반기를 보고 비로소 알았는데, 그 책은 표제부터 무언가 청신한 느낌을 주었다. 원제가 《Ganz bei mir: Leidenschaft Actttausender》, 직역하면 '나 혼자서: 8,000미터에 대한 정열'인데, 이것은 레토릭이 아니라 단적으로 자기 고백이며 자기 선언이다.

그녀는 히말라야 고봉을 혼자 올랐다. 여성이라는 점이 남달랐을까. 단독행은 오래전에 헤르만 불과 라인홀트 메스너가 선구자로 역사에 기록되었고, 그들의 알파인 스타일은 단독행의 전설이자 전형이 되었다. 그런데 칼텐브루너가 간 길은 선구자들과도 달랐다. 거기에는 알피니스트이면서도 휴머니스트인 그녀의 면모가 깊이 새겨져 있다.

칼텐브루너는 1994년에서 2011년까지 17년간에 걸쳐 히말라야에 도전했다. 오늘날 히말라야 자이언트 14개 완등의 도전은 유행이 되었으며, 그 기록이 일일이 헤아릴 수 없을 정도로 많다. 양상도 천편일률적이다. 다만 경이롭고 많은 이에게 자극을 준 도전은 지난날 메스너의 초등과 바로 뒤를 이은 쿠쿠츠카의 차등이었을 것이다. 이제 남은 문제가 있다면 그 도전이 어떻게 이루어지는가에 있을 것이다. 히말라야 자이언트에 도전하고 성취하는 일은 결코 쉽지 않으며 생명을 내던지다시피 하는 모험의 세계다. 거기에는 성취욕 이전에 강한 공명심이 있다.

그런데 칼텐브루너에게는 야심이나 공명심이 없었다. 책 제목대로 '열정'만 있었다. 그런 의미에서 산에 미친 사람이었다. 당시에는 히말라야에 열띤 여성들이 있었다. 스페인의 에두르네 파사반Edurne Pasaban Lizarribar이 무시 못할 경쟁자로 나타났고, 우리나라의 오은선이 다크호스로 끼어들었다. 그래서 히말라야에는 이 세 여성이 8,000미터급 고봉 경주를 하고 있다는 소문이 났으며, 그때 이야기를 라인홀트 메스너가《정상에서》에 썼다.

그러나 칼텐브루너는 세상 소문과 달리 묵묵히 자기의 길을 갔다. 그것도 오직 무산소에 고소 포터도 없이 철저한 알파인 스타일로 등반에 임했다. 일정한 전진 캠프도 없었다. 혼자 간 것은 아니고 입산 허가 문제로 다른 등반대에 붙어가다시피 했지만, 그 속에서 언제나 독자적으로 행동했다.

따라서 사나이들 세계에서 홍일점일 수밖에 없었으나, 그들의 동정을 사거나 도움을 받기보다는 오히려 그들을 격려하고 위기에서 구출해주기까지 했다. 도대체 그런 정신과 힘이 어디서 온 걸까. 나는 지난날 에베레스트에 간 일이 회상되어 감개무량했다. 감정이입 속에 등반기를 우리말로 옮기며 그 무덥던 여름도 모르고 지냈다.

히말라야 등반에서 칼텐브루너는 고소적응과 날씨에 언제나 신중했다. 그리고 간편한 차림으로 행동했다. 배낭에는 자일 대신 가벼운 텐트가 들어 있었다. 남들이 고정 자일을 선호하고 이용할 때 스스로 눈을 헤쳐 나갔고, 청빙에서는 프런트 포인팅과 아이스액스로 뚫고 나갔다. 갈증과 식량 부족으로 늘 애를 먹었다. 스토브의 가스가 떨어져 눈을 녹이지 못했는데, 부주의 탓이 아니고 하중에 신경을 쓰다 보니 그렇게 되었다.

칼텐브루너의 등반기에서 돋보이는 것은 히말라야 대자연에 대한 찬미와 경외와 연모다. 그녀는 등반의 곤란이나 공포 이야기를 별로 하지 않았다. 이는 고산 등반에 당연한 조건이라, 굳이 내세우는 것을 일종의 허세와 과장으로 여겼는지도 모른다. 그녀는 주위가 아름답다며 정상에 설 때마다 남모르게 울었다. 인생을 위해 산을 오른다는 신념과 의지에서 오는 감격의 눈물이었을 것이다. 칼텐브루너는 아침저녁으로 붉게 물드는 히말라야 고봉을 바라보며 박모薄暮의 기분에 자주 취했다. 그녀의 손발은 언제나 얼음같이 차가웠지만, 그럼에도 주위에 펼쳐진 자연의 아름다움이 먼저였다.

칼텐브루너는 여러 차례 도전 끝에 K2 정상에 섰다. 물론 다른 13개 자이언트 중에도 다섯 번이나 재도전한 봉우리가 있었다. 위험할 때마다 서슴없이 돌아섰으며 후퇴할 줄 아는 알피니스트였다.

그녀는 베이스캠프에서 알게 된 외국 등반가들과 늘 어울렸지만, 등반 중에는 그들과 앞서거니 뒤서거니 하며 올라갔다. 억센 사나이들 가운데서도 언제나 피로를 보이지 않고 유연한 자세를 유지했으며, 그들이 무턱대고 전진할 때 혼자 돌아서곤 했다. 그런가 하면 남편 랄프가 내려가자고 했을 때 기회를 놓칠 수 없다며 혼자 올라간 일도 있다. 그러면서 정상을 눈앞에 두고 날이 어두워져서 돌아섰고, 하산하면서 혼자 내려가는 랄프를 걱정했다.

등반기의 마지막 장은 너무나 아름답다. 그녀는 지난날을 회상하며 이렇게 말한다.

"2008년 5월 로체에서 돌아선 것은 패퇴가 아니었다. 다만 너무나 위험했다. 만약 그러지 않았다면 훗날 나는 재도전에 나서지 못했을 것이다."

K2를 세 번이나 못 올랐을 때도 두고두고 가슴 아파하지 않고 히말라야에서의 경험을 오직 아름다운 추억으로 삼았다. 나는 우리 주변에 그토록 뛰어났던 몇몇 여성 등반가들을 생각하면 그들이 너무 일찍 간 것이 내내 가슴 아팠다. 등산은 집을 떠났다가 다시 집으로 돌아올 때 비로소 끝난다는 별것 아닌 원칙을 칼텐브루너는 철저히 지켰다. 그러면서 남편이자 동반자인 랄프와의 8,000미터급 고봉 14개의 마지막인 로체를 같이 오른 것을 가장 행복하게 느꼈다.

칼텐브루너의 히말라야 도전은 단순히 자이언트 14개 완등이 목표가 아니었다. 그녀는 고고하고 수려한 히말라야 대자연과 마주 서서 직접 대화한 것을 소중한 인생의 체험으로 여기고 만족스러워했다.

서재의 등산가

나의 등산 노트북

나에게는 등산 노트북이 여러 권 있다. 일종의 잡기장이다. 그러나 필요가 없어지면 버리는 그런 잡기장이 아니며 웬만한 책보다 내게 더욱 소중한 물건이다. 노트북 하면 지금은 젊은이들 누구나 가지고 있는 그 전자기기를 연상하리라. 그런데 내 노트북은 과거 대학생들의 필수품이었던 바로 그 노트북이다. 당시 대학생들은 강의 시간에 교수의 설명을 그대로 받아썼기 때문에 노트북이 필수품이었다.

　나의 등산 노트북은 아마도 나만이 가지고 있는 잡기장이 아닐까 한다. 책을 읽다가 멋진 구절이나 극적인 장면이 있으면 거기에 밑줄을 그으며 그것들을 노트북에 옮겨 두곤 한다. 그리고 이따금 그 노트북을 펼친다. 이런 작업은 글을 쓸 때 도움이 되지만, 그렇게 함으로써 그 세계가 어느새 나의 것으로 동화된다. 그래서 내 글처럼 된 것들이 적지 않다.

　잡기장에 등산과 관계없는 글도 있는데 그런 글들이 때로는 발상을 자극하고 사상을 깊게 만들고, 서정적이면서 철학적인 세계로 유도하기도 한다. 6·25 때 야전 생활 속에서 나는 이런 글과 만난 적이 있다. 어느 작가의 글인지 기억이 없지만, 그 짧은 글귀에 담긴 내용에 끌려 당시 진중일기 한구석에 적어두었다. 정적과 침묵을 이야기한 글이다.

그것은 정적이 아니었다. 정적은 그저 소리가 없기 때문이다. 그것은 침묵이었다. 그들은 무슨 말을 할 수 있었지만 아무 말도 하지 않았으니까.

고등학교 외국어 교사였을 때 글을 읽다가 잡기장에 적어둔 것도 있다.

그날 밤 그들은 조용한 호숫가에서 야영했다. 대자연의 고요가 점차 깊어가자 랄프는 텅 빈 대성당에 홀로 앉아 있는 듯한 느낌이 들었다. 그때 그는 일찍이 느껴본 적이 없는 마음의 평화와 환희를 얻었다.

등산을 모르던 때였는데, 등산을 알고 나서 그런 글들이 더욱 살아나고 내 삶에 스며들기 시작했다. 그 뒤 잡기장은 단순한 잡기장이 아니라 '등산 노트북'으로 자리를 잡으며, 훗날 에베레스트와 그린란드를 다녀오자 나의 등산 세계는 더욱 깊어지고 넓어졌다. 헤르만 불과 발터 보나티 그리고 리오넬 테레이의 세계가 어떤 것인지 구체적으로 느껴지기 시작했다. 등산 노트북이 새롭게 자리를 잡아간 셈이다.

특히 《8000미터 위와 아래》에 나오는 헤르만 불의 낭가파르바트 단독 등정에 이어진 하산 장면이 그렇고, 발터 보나티가 오랜 세월 방황하다 알프스로 돌아온 장면이며, 아이거 등반에서 부딪친 선구자들의 사투 흔적에 대한 리오넬 테레이의 묘사……. 나는 그 거인들의 놀라운 성취 이상으로 그들의 참모습과 알피니스트가 갖는 감성에 한없이 끌렸다. 단순한 묘사가 아니라, 그들의 인간성이 그대로 나타난 것들이었다.

헤르만 불이 하룻밤 사이에 늙은이로 돌아온 데는 분명한 이유가 있었으며, 리오넬 테레이의 유명한 말 "무상의 정복자", 즉 상을 받지 못한 정복자는 체험의 소산이었다. 그런 내용을 나의 등산 노트북이 모두 기록하고 있다.

잊을 수 없는 기록은 또 있다. 기도 레이의 《마터호른》에 나오는 한 장면인데, 그는 고르너그라트를 가다 늙은 에드워드 윔퍼와 우연히 만난다. 윔퍼는 마터호른 초등에서 일어난 엄청난 추락 사고에 시달려 알프스를 떠났다가 옛날이 그리워 돌아오던 길이었다. 그 장면을 기도 레이가 《마터호른》에서 그야말로 극적으로 표현했다.

가스통 레뷔파의 《별과 눈보라》에도 멋진 장면이 있다. 그랑드조라스의 초등을 노리고 느닷없이 나타난 리카르도 캐신 일행의 이야기는 그야말로 한 편의 드라마다. 무명의 사나이들은 르켕 산장에 나타나 그랑드조라스로 가는 길을 묻고 사라진다. 그리고 깊은 밤 그 거벽에서 전에 없던 불빛이 보인다. 레뷔파가 《별과 눈보라》에 묘사한 그 장면에 나는 밑줄을 치고 등산 노트북에 그대로 옮겼다.

산은 오르내리면 그만일까. 남다르고 소중한 그 체험을 자기의 인생 기록으로 정리하고 남겨두어야 한다고 나는 생각한다. 자기를 위해서다. 산악인이 산을 오르고도 남기는 것이 없다면 그저 글재주가 없어서가 아니다. 그는 생각하지 않고 세월을 보내고 있다는 이야기다. 그때 그의 속은 공동空洞을 면치 못하리라. 무엇보다도 자기의 공동을 느끼지 못하고 있다는 것이 더 문제다.

재물은 없어도 산악인으로서 내 세계는 그런대로 풍요롭다. 헤르만 불이 있고 발터 보나티가 있으며, 리오넬 테레이가 내 인생의 파트너이기 때문이다. 나는 이들이 오직 한 권만 남긴 책을 내 손으로 옮겼다. 그 덕분에 그들의 언행이 그대로 내 생활에 살아 있다. 그들은 모두 오래전에 갔지만, 나는 여전히 그들과 같이 있다. 이것은 상상이나 환상이 아니고 현실이다. 알피니즘의 세계에는 국경이 없으며 인종도 없다. 나는 그것을 그들이 남긴 책에서 느낀다. 직접 대한 적 없어도 책으로 충분하며 오히려 진실하기까지 하다.

지난해 울주세계산악영화제에서 크리스 보닝턴과 만났을 때 나는 그의 《에베레스트: 오르지 못한 능선》에 나오는 한 장면을 이야기했다. 그 이야기를 듣고 있던 미국 출신 산악인이 내게 다가왔다. 초면이며 다시 만날 일이 없는 사이지만, 순간 친밀감을 느꼈던 모양이다. 등산이란 그런 세계며, 그 주체가 우리 산악인이다. 나는 여기에 한없는 자부와 긍지를 느끼고 있다.

유명한 철학자들에게는 '철학 노트' 같은 것이 더러 있다. 체계적인 주제가 아니고 철학적인 사색을 메모식으로 남긴 일종의 잡문서다. 그 속에 '철학을 하는 마음'이 그대로 나타나 있다. 그런 의미에서 체계적이고 난삽한 저술보다 그 노트북에서 느끼는 신선하고 예리한 감각이 철학도에게는 소중하다.

이제 나는 더는 산행기를 쓸 수 없다. 그러나 선구자들이 남긴 글 속에서 남다른 장면의 묘사와 감회 같은 것들을 정리할 수는 있을 것 같다. 《하늘과 땅 사이》라는 책을 펴낸 적이 있는데, 그때까지 읽은 선구자들의 등반기에서 추린 글 모음으로, 일종의 등산 독본이었다. 라인홀트 메스너가 그런 책을 낸 적이 있어서 나도 흉내를 낸 것이다. 읽고 감명받은 것들로 추렸는데, 산악계의 반응은 없었다. 나는 다만 알피니스트로서 할 수 있는 것 하나를 했다는 생각뿐이었다.

'나의 등산 노트북'은 지난날의 《하늘과 땅 사이》와는 거리가 멀겠지만, 산악인들이 자기의 산행과 독서에서 얻은 것들을 각자 등산 노트북으로 남기는 날이 오기를 기대한다.

메스너가 다녀갔다

라인홀트 메스너가 드디어 우리나라를 다녀갔다. 2016년 9월 30일에 왔다가 10월 4일에 모든 공식 일정을 마쳤다. 얼마나 피곤했을까. 나 역시 피곤했다. 사실 나는 만나서 다정하게 이야기하지도 못했다. 그럴 시간도 없었지만 그러고 싶지도 않았다. 나는 그에게 오직 자유 시간을 주고 싶었다.

메스너의 내한은 울주세계산악영화제와 때를 같이했지만 그 축제 참석이 목적은 아니었다. 물론 행사 주최 측에서 축제를 빛내기 위해 그를 불렀고 신경도 많이 썼다. 하지만 기대와 노력에 비해 허전한 점이 많아 보였다.

메스너의 국적은 이탈리아다. 그러나 그는 언젠가 독일 문화권에서 산다고 말한 적이 있으며, 그의 모든 저술 또한 독일어로 되어 있다. 그는 알프스 지방에서도 풍광이 아름답고 특이한 티롤에서 태어났지만, 이탈리아의 풍토, 특히 그 하늘을 사랑하는 사람이라고 나는 믿는다. 이탈리아의 푸른 하늘은 바로 우리 대한민국의 청명한 하늘과 같다. 그에게 산은 낮아도 구름 한 점없이 맑은 우리나라 가을 하늘을 보여주고 싶었다. 그런데 하필 첫날부터 비가 내리더니 하늘은 끝내 햇빛을 보여주지 않았다.

메스너는 한국 체류 기간에 한 번도 웃는 일이 없었다. 말도 많이 하지 않았다. 같이 다정하게 담소할 상대도 없었겠지만, 끝내 굳은 표정이었다. 마침내 한국산서회에서 메스너에게 명예회원 패를 주었다. 그가 열띤 강연을 하고 자기 책에 사인하느라 한바탕 난리를 치른 뒤 이어진 시간이었다. 이때 그와 잠깐 만났는데, 그의 첫 마디가 "마나슬루 김은 어디 있습니까?"였다. 김정섭 이야기였다. 1980년대 초 내가 그의 《검은 고독 흰 고독》을 번역하며 판권 문제로 처음 편지했을 때가 생각났다. 그때 메스너는 한국에 한번 가보고 싶다고 했다.

메스너는 한국산서회에서 마련한 시간에 "글 쓰는 사람이 있습니까?"라고 물었다. 그에게는 한국의 산에 관심이 있을 리 없고, 이런 나라에서 어떻게 세계 무대에 뛰어들었을까 하는 의심만 있었으리라. 나는 그런 의심은 당연하고, 또한 그것으로 족하다고 생각한다. 메스너는 어떻게 보면 안하무인이고 유아독존인 셈이다. 그러고도 남을 사람이다. 그러나 이번에 한국에 와서 자신의 책이 그토록 많이 번역돼 있는 것을 보고 놀랐을 것이다. 이런 나라는 한국 외에는 없다는 것도 알았으리라.

나는 이날 한국산서회에서 내놓은 그의 책들을 하나하나 독일어 원제목 그대로 알려주었다. 메스너는 말없이 그 책들에 서명했다. 그리고 처음으로 내게 얼굴을 돌렸다. 그와 나의 정식 대면이었고, 그것이 전부였다. 나는 그가 쓴 책 《나의 인생 나의 철학》을 가리키며, 원제목 '나의 인생'에 '나의 철학'을 덧붙였다고 설명했다. 내가 번역했다고는 굳이 말하지 않았지만 그는 여전히 말이 없었다.

그가 관광을 하러 한국에 온 것이 아니었다. 이번에 울주세계영화제가 열린 곳은 이른바 영남 알프스 기슭이었다. 그러나 바쁜 스케줄에 쫓기는 메스너가 무슨 생각을 했겠는가. 조용히 차한 잔 즐길 틈도 없었으리라. 내 숙소와 같은 숙소였는지 아침 식사시간에 메스너가 나타났다. 마침 외국 사람도 여럿 있었는데 그는 부인과 함께 구석에서 간단한 식사를 마치고 바로 숙소로 돌아갔다. 나는 조금 서운했다. 커피를 마시며 잠깐 이야기할 수도 있었을 텐데 말이다.

나는 그에게 하고 싶은 말이 있었다. "당신은 동생 귄터를 낭가파르바트에서 잃었지만, 나는 동생을 6·25 한국전쟁에서 잃었다."라고. 그리고 그의 책 《검은 고독 흰 고독》을 좋아한 어느 젊은이가 동해안에 통나무집 카페를 열며 그 이름을 '고독'이라고 했다는 것을 알려주고 싶었다. 그러나 기회가 오지 않았다.

메스너의 마지막 일정에 속초 국립산악박물관 방문이 있었다. 우리나라로서는 자랑할 만한 곳이다. 그러나 'MMM'이라는 메스너산악박물관을 자기 손으로 여섯이나 세운 그의 산악박물관에 대한 인식은 분명 우리와 다를 것이다. 우리는 한국 알피니즘의 발전상을 보여주려 하지만, 메스너는 사람과 산의 접촉과

교감이 인류 문화에 어떻게 나타나 있는지에 관심이 있다. 그의 박물관에는 으레 있어야 할 등산 장비보다 자기가 긴 세월 동안 체험해온 히말라야를 중심으로 한 그 지방의 전통과 문화 등 이색적인 유산이 전시돼 있다. 티베트와 네팔과 인도의 고대 문화 유물이 고스란히 옮겨져 있다시피 하고 있다.

나는 메스너가 속초에 들렀다가 그 길로 주문진 방향으로 해안선을 따라 내려가 그곳에 있는 카페 고독을 찾았으면 했다. 그리고 지중해처럼 푸른 동해를 바라보며 은은한 커피를 조용히 즐겼으면 했다. 모든 공식 일정이 끝났으니 그야말로 자기만의 시간을 가질 만도 했다. 카페 고독의 벽에는《검은 고독 흰 고독》첫머리에 나오는 시가 걸려 있다.

이 카페를 만든 젊은 산악인은 오래전에 가고 지금은 그 부인이 혼자 외롭고 가난하게 지키고 있다면 메스너는 무슨 생각을 할까. 그도 노후 인생을 맞아 칠순을 지나 한국을 찾았고 정신없이 며칠을 지냈다. 평소 관심조차 없던 한국에 와서 무엇인가 마음에 남는 것이 있어야 하고 또 있음직한데 별로 그런 것 같지 않았다.

나는 그에게 "당신이《검은 고독 흰 고독》에서 주제처럼 삼았던 '정당한 방법으로'라는 그 맥심을 생각하며 지난날 프랑스 알프스의 당 뒤 제앙을 오른 한국의 클라이머가 있었다."라고 말해주고 싶었다. 면전에서 "당신은 위대한 산악인이고, 한계 도전자이며, 히말라야 자이언트 14개의 최초 완등자"라고 해봤자 그에게 아무런 기쁨도 안겨주지 못할 것이다. 메스너는 250년 등산 역사상 처음이자 마지막 산악인인 셈이다. 그가 싸우고 체험한 대자연은 지구상에서 사라진 지 이미 오래다. 메스너만이 그 세계를 체험했다는 이야기다.

라인홀트 메스너에게는 한국 방문이 지금까지의 그의 등산 기록과 또 다른 인생 기록으로 남을 것이다. 칠순이라고 70개 주제로 써 나간 자기 인생론《나의 인생 나의 철학》을 하필이면 한국에서 만나리라고 꿈에도 생각하지 못했으리라.

산사나이들이 울었다

2016년이 저물어가던 12월 19일 아침 느닷없이 전화가 왔다. 신문도 텔레비전도 멀리하고 혼자 조용히 지내고 있던 때였다. 설악산 케이블카가 무산됐다는 이야기였다. 그 순간 몇몇 사나이들의 얼굴이 눈앞에 떠올랐다. 가슴에 큼직한 방패 같은 것을 달고 언제나 당당히 나타나던 모습이 지금도 눈에 선하다. 박그림, 이해동 그리고 배성우가 이들이다. 설악산 케이블카 반대에 나선 자들이 어디 그들뿐이겠는가. 하지만 이 세 친구들은 언제 어떤 자리에서도 그 모습 그대로여서 잊히지 않았다.

나는 바로 박그림에게 전화하고 여기저기 알렸다. 그런데 나만 몰랐지 모두 알고 있었다. 이해동은 그 소식을 들은 순간 울음을 터뜨렸다고 한다. 그 말에 나도 울었다. 그 억센 산사나이들이 울다니. 울 수밖에 없었으리라. 기나긴 세월, 아무도 관심을 보이지 않는 케이블카 문제와 싸우며 이상한 팻말을 가슴에 달고 다니던 그들이었다. 앞이 내다보이지 않는 암담하기만 했던 악몽의 나날이 드디어 지나갔으니 울음을 터뜨릴 만도 했다.

얼마나 힘들고 외로웠을까.

1950년이 새삼 생각났다. 느닷없이 6·25가 터져 모두 피란하기에 바빴을 때 나는 그 수렁에 뛰어들어 총을 들고 앞장섰다. 팔팔하던 이십 대였다. 그러나 지금 구십 대 인생인 내가 설악산 케이블카 반대에 그들처럼 나서기는 어려웠다. 나는 그저 뒤에서 글이나 쓰며 그 젊은이들을 지켜봤을 뿐이다.

설악산은 무엇인가. 도대체 우리는 왜 이토록 설악산을 두고 싸워야 하는가. 우리나라 최고봉도 아니며 산으로 치면 야산이나 다름없다. 서양에서 산은 mountain과 hill로 구별되는데, 설악산은 이 기준으로 치자면 후자에 속한다. 지난날 에베레스트에 갔을 때 서양 사람들에게 들은 이야기다. 그러나 우리는 그 낮고 낮은 산에서 세계 최고봉으로 갔다. 오늘날에도 해외로 가는 젊은이들이 반드시 거쳐 가는 곳이 설악산이다.

설악산은 사철 눈이 있는 곳도 아닌데 이름은 설악이다. 사실 눈으로 유명하고, 눈으로 무서운 산이다. 설악산의 신설新雪과 눈사태는 달리 설명할 것도 없이 지난 역사가 이를 증언하고 있다. 1969년 한국산악회의 정예 산악인 10명이 눈사태로 몰사했으며, 1976년에 에베레스트 원정에 대비한 훈련을 하다 나는 유능한 대원들을 잃었다.

설악산은 산 중의 산이다. 해마다 정초 첫 새벽에 사람들이 무리를 지어 오르는 곳이다. 새해 첫 해돋이를 보려는 군중이다. 가을철은 또 어떤가. 만산 단풍이 그들을 불러 모은다. 누가 시켜서가 아니라 오직 자발적이고 자율적이다. 산사나이들은 이때 설악산에 가지 않는다. 그들에게는 계절이 없고 길이 없으며, 일반 유산객들이 안 가고 못 가는 데를 즐겨 간다. 낮은 산을 높이, 쉬운 길을 어렵게 오르자는 것이 나의 주장인데, 산사나이들은 그런 식으로 설악산에 간다. 표고 2,000미터도 안 되는 곳을 히말라야로 알고 가는 것이 우리 산악인의 행차다. 그래서 산악인은 어떤 의미에서 배타적이고 특권적이다. 리오넬 테레이 말대로 무용無用의 산을 무상無償으로 승화시켰다.

우리 사회를 보라. 부조리는 어제오늘 일이 아니지만, 어느새 우리 사회는 그 한계를 넘어도 지나치게 넘었다. 그런 소용돌이에 설악산 케이블카 문제도 한몫하고 있었던 셈이다. '자연보호'는 낡은 구호가 된 지 오래지만, 여전히 그리고 언제나 가장 중요한 우리의 과제다. 문명 없이는 살아도 자연 없이는 살 수 없기 때문이다. 여기 무슨 논리가 더 필요한가. 흔히 우리나라는 국토의 70퍼센트가 산악지대라지만 그중 설악산의 존재는 유별나다. 산격이 다르다는 이야기다. 이런 산을 뭉개서 공원으로, 유원지로 하겠다는 것이 케이블카 설치 의도였다. 그런 발상과 주장을 우리도 잘 알며 한편 이해도 한다. 그러나 차원부터 다른 산이 설악산이다. 그래서 산사나이들이 그토록 나서서 반대했던 것이다.

새삼 이런 이야기를 할 것도 없지만 몰라도 너무 모르니 더 말해두어야겠다. 미국의 국립공원은 원래 우리와 비교가 안 되는 대자연이지만 그들은 그 안에 사는 맹수를 그대로 놔둔다. 공원을 찾는 사람들이 스스로 조심하라는 원칙이다. 물론 설악산에는 심각한 문제가 한둘이 아니다. 유산객들로 인해 산길이 망가지는 것이 우선 문제다. 거기에 산길마다 계단을 만들고 곳곳에 사다리를 설치했으니 이제 설악은 산이 아니다. 자연성은 온데간데없고 산 전체가 인공적 침윤으로 변모, 변질했다.

설악산 케이블카 반대에 나섰던 사나이들에게 설악산은 어떤 곳인가. 그들은 산악계 주요 인물들이 아니다. 그저 오래 산에 다녀 얼굴이 널리 알려졌을 뿐 일반 산악인이다. 세상의 명예와 영리와 권세와는 거리가 먼 자유인이며, 한마디로 멋진 젊은이들인 셈이다. 혼탁한 오늘을 살지만 맑고 깨끗한 사회인이다. 과찬이라 해도 좋다. "과도라는 것은 지나치게 치켜세우지 않는 한 치켜세워도 괜찮다고 나는 생각한다." 이런 글을 읽은 적이 있는데, 나는 설악산 케이블카 문제로 울음을 터뜨렸다는 그 젊은이들에게 한없는 찬사를 보내고 싶다.

나는 이해동, 배성우와 같이 산에 간 적이 없다. 그저 자주 만나기 때문에 그들의 인간성을 잘 알고 있을 따름이다. 그런데 박그림은 잊을 수 없는 산친구다. 그의 결혼 주례를 내가 섰지만, 산에서는 그가 언제나 앞장섰다. 우리는 지난날 덕유산의 설화에 끌려 북덕유에서 남덕유까지 20킬로미터 눈길을 갔으며, 길 없는 용아장성에서 밤새도록 헤맨 일도 있다. 또한, 한여름에 대관령에서 8박 9일로 설악산 대청까지 갔을 때는 마침 광복절이어서 그 정상에 운집한 등산객들이 일제히 애국가를 부르고 만세를 외치고 있었다. 리더도 없고 누구의 지시도 아닌 즉흥적 해프닝이었다.

이것이 설악산이며 그 무대가 바로 대청이다. 만일 설악산을 케이블카로 단숨에 오른다면 "동해물과 백두산이……" 하고 평소 부르지 않던 애국가가 등산객들의 입에서 나왔을까. 힘들게 올랐다는 자기 극복에 너무 감격한 나머지 이런 일이 벌어지게된 것이다. 제도교육으로도, 국가의 막대한 투자로도 해낼 수 없는 일이 설악산에서 일어난다. 그런 세계를 아는 사람은 안다.

18세기에 괴테가 "개발은 무덤을 파는 것이다."라며 인간 사회의 미래를 예언했지만, 고도의 현대문명이 대자연을 침윤하는 시대에 사는 사나이들은 설악산을 지키려고 감히 나섰던 것이다. 이제 암울했던 시대가 가고 청명한 새해가 밝아오고 있다는 느낌이 든다. 사나이들의 눈물이 그것을 말해주고 있다.

등산이 곧 인생

등산은 인생과 같다. 등산 세계에서 긴 세월 살아오며 든 느낌이다. 아주 평범하게 들릴지 모르지만 진실이 담긴 사실적인 이야기다. 이를테면, 이것은 내 인생에 대한 증언이나 다름없다.

주위의 젊은이들 가운데 지현옥과 고미영을 나는 잊지 못한다. 박영석도 잊히지 않는다. 많은 산악인 가운데 특히 그들에 대한 생각이 내 머릿속에서 언제나 맴돌고 있다는 이야기다. 등산을 자기 인생으로 살다가 간 젊은이들이었다. 리오넬 테레이의 말대로 '무상의 정복자'처럼 산 인생들이다.

등산에는 유명한 격언이 적지 않은데, 니체는 등산가도 아니면서 역시 그다운 말을 했다.

나는 방랑자며 산을 오르는 자다. 나는 평지를 사랑하지 않으며, 오랫동안 한자리에 가만히 있지를 못한다. …… 인간이란 결국 자기 자신만을 체험하는 존재가 아닌가.

《차라투스트라는 이렇게 말했다》에 나오는 말이다. 그러나 내가 좋아하는 격언은 뭐니 뭐니 해도 조지 핀치의 "등산은 스포츠가 아니라 삶의 방법이다."라는 말이다. 등산이 곧 인생이라는 이야기다.

인생이란 무엇인가? 옛날부터 내려오는 이 물음은 아포리아로서 답이 없다. 그러나 이것만은 사실이 아닐까? 인생이란 주어지는 것이고, 누구나 살아갈 수밖에 없다는 것이다. 형식이야 어떻든 본질이 그렇다는 이야기다. 인생이 길고 짧고는 그다지 중요하지 않고, 다만 어떻게 사는가가 더 중요하다.

헤르만 불은 하루만에 늙어버렸다는 낭가파르바트 단독 초등으로 역사에 영원히 남았는데, 바로 몇 해 뒤 히말라야 초골리사(7,668m)에서 눈처마 붕괴로 영원히 갔다. 그야말로 극적인 인생이었다. 한편 발터 보나티는 어떤가. 그는 헤르만 불과 동시대를 살면서도 언제나 불을 바라보며, 남들이 가지 못한 길을 말없이 갔다. 1955년 프티 드류 남서벽을 5박 6일 동안 혼자 해냈고, 1961년 몽블랑 프레네이 중앙 필라 대참사 때 일곱 명 중 유일하게 그 시련을 이겨냈다.

내가 불과 보나티를 잊지 못하는 데는 분명한 근거가 있다. 20세기 중반 그 어려운 시절, 그들은 언제나 말없이 자기 인생을 치열하고도 충실하게 살았다. 말 많은 산악계를 외면하고 오직 자기의 길을 갔으며, 너무나 소중한 증언을 남겼다. 《8000미터 위와 아래》와 《내 생애의 산들》이 그것들인데, 나는 등반기 가운데 그 이상 가는 것을 알지 못한다.

알피니즘 250년 역사 속에는 불멸의 기록을 남긴 사람들이 적지 않으며, 등산가로서 그들의 인생은 언제나 극적이었다. 설령 산행기가 없어도 그 이상으로 그들의 의식과 행위는 나의 인생을 풍요롭게 규정하다시피 했다. 특히 단독행의 선구자로 알프스에서 간 게오르그 빈클러와 아이거 북벽에 매달려 생지옥과 사흘을 싸우다 간 토니 쿠르츠. 그들의 이름은 머메리나 조지 맬러리처럼 널리 알려지지 않았지만, 알피니스트로서 이들의 생애는 등반 역사에서 하나의 전설로 남아 마땅하다.

등산이란 무엇이며 인생 또한 무엇인가. 명확하면서도 분명치 않은 이 개념은 언제나 부딪히는 주제다. 알베르 카뮈가 일찍이 《시시포스 신화》를 썼는데, 끝도 없이 돌을 굴려 정상으로 올리려 애쓰는 그 시시포스에서 나는 등산가의 조건을 본다. 사람과 산의 숙명적인 만남이 거기 있으며. 알피니스트란 그런 것이고, 등산가의 삶은 산을 떠날 수가 없다.

20세기 철학 과제인 현상학에 '생활 세계'라는 개념이 있다. 쉽게 말해 인간 생활의 일상성에 대한 철학적 고찰인데, 나는 등산가의 생활 세계로 언제나 '등산 세계'를 생각한다. 등산이라는 의식과 행위가 형성하는 독특한 인간 생활의 세계다. 현상학의 생활 세계 개념은 그 논리 전개가 극히 난삽하지만, 등산가의 일상성은 겉으로는 별것 아닌 듯하면서도 그 내면은 치열하고 극적인 것이 특색이다. 시시포스의 끝없는 노역 같은 것이 언제나

서재의 등산가

산을 무대로 생生과 사死의 경계에서 진행된다.

등산 세계에는 등반기가 있기 마련이다. 일반 사회에서 보지 못하는 등산의 산물이다. 나는 오랜 세월 이런 등반기 속에서 살다시피 했는데, 그래서 등산 세계의 특이성을 더욱 깊이 이해한다. 등반기는 등반가의 극적인 생활기록으로, 언제나 선구적이고 독창적인 것이 특색이며, 학자의 저술이나 문인의 창작과는 차원이 다르다.

지현옥과 고미영에게는 등반기가 없다. 그러기에는 그들이 너무 일찍 간 것이 두고두고 가슴 아프다. 그러나 나는 그들이 간 길에서 그들의 등반기 이상의 것을 보고 있다. 게오르그 빈클러와 토니 쿠르츠 역시 등반기가 없지만, 그들의 인생이 등산에 대한 답이었다.

나는 리카르도 캐신의 《등반 50년》을 옮기며 새삼 등산과 인생의 관계를 생각했다. 캐신은 돌로미테라는 무서운 수직의 세계에서 살며 끝내 살아남은 클라이밍계의 거장이지만, 자기 말대로 글과 거리가 멀면서도 이런 저술을 남겼다. 일반적으로 선구자들은 학교 교육과는 소원한데, 그들이 남긴 등반기들은 한결같이 고전적인 저술이다.

흔히 인간은 사회적 동물이라고 하지만 등산가는 등산 세계의 동물이라고 나는 보고 싶다. 일반적으로 등산 세계는 존재 조건이 다르고 가치관이 다르다. 등산이 무상의 행위라는 것이 이 사실을 말해주는데, 그 행위는 언제나 삶과 죽음 사이에서 벌어지기 마련이다. 지현옥과 고미영, 박영석 같은 젊은이들은 모두 그 세계에서 살다 갔다.

나는 등산을 생각하며, 그 세계가 크게 변질, 변모되는 것을 염려한다. 이런 흐름 속에서 알피니스트의 운명은 어떻게 되는 가. 등산 무대인 자연의 변화로 산악계의 풍토 역시 변질할 것은 물어보나 마나다. 더 오를 곳이 없어진 지 이미 오래지만, 사회의 디지털화로 인간은 점차 육체노동에서 벗어나기 시작했다. 이 과정에서 인간은 무엇을 얻고 무엇을 잃는가.

프랑스 시인 스테판 말라르메의 시에 "육체는 슬프다. 아아! 그리고 나는 모든 책을 다 읽었구나."라는 한탄이 있는데, 그 많은 등반기를 읽을 기회마저 사라지고 있다. 헤르만 불이나 발터 보나티며 리오넬 테레이 같은 선구자들의 생의 궤적을 추적하기 어렵게 되었다. 토니 쿠르츠가 치열하고도 처절하게 벌인 아이거와의 싸움은 하인리히 하러의 《하얀 거미》 아니고서는 추적할 길이 없는데, 이 사실을 아는 클라이머는 그나마 다행이다.

등산이 곧 인생이라는 근거는 필경 선구자들의 생의 궤적에서 확인할 수밖에 없다. 20세기를 살며 그 격동기에 자기 인생을 불태우다 스스로 죽음을 택했던 슈테판 츠바이크와 발터 벤야민을 나는 잊지 못하며, 또한 그 명성에도 불구하고 생의 문제로 고민하다 간 어니스트 헤밍웨이 역시 잊을 수 없다. 산악계에는 스스로 목숨을 끊은 인생이 없지만, 산에서 위험과 싸우다 간 산악인은 많다. 여기 등산가의 숙명적인 인생이 있으며, 그들에게 등산은 바로 인생이었다. 하이데거는 인생은 '내던져진' 것이라고 말했지만, 등산가는 산과 만나면서 그 인생을 시작한다. 알피니즘 250년의 역사는 이렇게 산과 사람이 만난 역사다. 등산이 곧 인생임을 이 이상 분명히 보여주는 것이 따로 있을까.

산악인의 귀소본능

하이데거는 인간의 실존 문제를 거론하면서 오늘날 우리가 고향 상실의 시대를 살고 있으며 그 고향 상실이 바로 세계의 운명이 되고 있다고 주장했다.

고향 상실이란 무엇을 말하는가. 그것은 사람들이 단순히 고향을 떠나서 살고 있다는 것이 아니라, 돌아가고 싶어도 갈 곳이 없다는 이야기다. 고향이 있으면 귀향하면 된다. 인간에게는 귀소본능이 있다. 누구나 정든 고향이 있으며, 마음이 언제나 그곳으로 쏠리고 있다. 요컨대 인간은 정적 동물이어서 고향을 잊지 못하며 살고 있다.

고향 상실은 날로 깊어지고 심각해지고 있다. 하이데거가 세계의 운명이라고 한 까닭이다. 고향 상실은 이제 자기가 태어난 고향을 넘어, 사람이 정을 붙일 데가 없다는 이야기다. 시대의 변천이 빠르고 생활 조건이 복잡해지면서 인간에게는 존재 이유조차 애매해지고 있다. 과학기술의 고도화에 따른 산업혁명과 정보화시대에서 인간은 생명이 있어도 영혼이 메마르고 있다.

서재의 등산가

그리고 미래는 아무도 예측할 수가 없다. 이런 문제는 지난날 미래학자들의 전문 분야로 그들만의 연구 과제였는데, 오늘날 우리는 누구나 그 정황을 알고 있다. 그러면서도 그저 관성에 의해 기계적으로 그날그날을 보내고 있다.

그런데 우리 등산가는 등산 세계에 살며 언제나 알피니즘과 알피니스트 생각에 젖어 있다. 알피니즘의 발생과 전개 과정, 그리고 그 속에서 일어난 일들을 생각하며 산을 오르내리고 있다는 이야기다. 하이데거의 고향상실론은 근대화의 산물인 셈인데, 그 근대화와 때를 같이해 알피니즘이 생기고 오늘에 이르렀다. 그러나 등산가는 알피니즘을 고향으로 여기고 언제나 거기로 돌아가려고 한다. 그것이 250년에 걸친 등산 역사가 아닐까. 이렇게 인류 역사에 나타난 등산 세계는 오늘날 그 독특한 지평선을 넓히고 있다.

이 엄청난 동기는 무엇이며 어디서 왔는가? "등산가는 누구나 산속에 자기의 고향을 가지고 있다."라고 말한 선구자가 있지만, 사람이 산에 가는 것은 가지 않을 수 없어 간다는 이야기다. 거기가 자기 고향이기 때문이다. 이를테면 인간의 귀소본능인 셈이며, 등산가가 사서 고생하는 까닭이다. 나는 까뮈가 쓴 에세이 《시시포스 신화》를 인생의 상징으로 여기고 있다. 시시포스는 자기가 지은 죄로 절망적인 고역을 겪는다. 등산가들의 고소 지향성은 무엇일까. 그것도 끝없는 고역이나 다름없지만, 그것은 어떤 죄와도 관계가 없고 절망적인 고역도 아니다. 생사의 한계를 넘나들면서, 오히려 그 속에서 자기만의 세계를 개척하며 즐거워하는 것이 등산 세계다.

등산가의 귀소본능은 역사적으로 잘 나타나 있다. 우리는 그 예를 에드워드 윔퍼와 기도 레이와 발터 보나티에서 쉽게 본다. 윔퍼는 마터호른 초등 때 겪은 엄청난 사고로 알프스를 오래 떠났다가 노년에 마터호른이 그리워 다시 찾아왔다. 그 장면은 기도 레이가 자신의 책에 극명하게 기록하고 있다. 그런 기도 레이는 마터호른에서 가장 어렵다는 츠무트 능선을 초등하고, 불의의 사고로 몸이 부자연스럽게 되자, 마터호른이 보이는 곳에 산장을 짓고 죽을 때까지 거기서 살았다.

발터 보나티는 당시 산악계가 세속화되는 것을 견디다 못해 알프스를 떠났다. 그의 책《내 생애의 산들》에 나오는 "알피니즘이여, 안녕!"은 그때 이야기다. 그러나 훗날 알프스가 그리워 정든 몽블랑을 다시 찾아왔는데, 그때 산록에 핀 야생화 군락에 넋을 잃었다. 윔퍼와 레이와 보나티는 알피니스트라기보다 휴머니스트였다. 고향을 그리워하는 순수한 인간들이었다.

산은 우리에게 무엇이며, 우리는 왜 산에 가는가 하는 물음은 간단하면서도 대답하기가 결코 쉽지 않다. 그러나 산악인들은 대답이 어려운 것을 잘 알고 있어서 그런 이야기를 하지 않고, 묵묵히 산을 오르내린다. 여기에 등산가의 귀소본능이 있다고 나는 본다.

등산은 직업이 아니다. 생계 유지 수단이 아니며, 취미나 여가

선용이나 심지어 건강 관리 수단도 아니다. 산악인들은 조 심슨이라는 알피니스트를 잘 안다. 지난날 남미 고산에서 엄청난 시련을 겪고도 살아 돌아와 《허공으로 떨어지다》라는 불후의 등반기를 남겼지만, 그 뒤 그는 《고요가 부른다》를 썼다. 그저 산이 그립다는 이야기다.

산에 가고 안 가고는 자유다. 그러나 자기 고향을 부정하는 사람은 없으리라. 산에는 가지 않아도 고향을 찾지 않는 일은 생각할 수 없다. 산에 가는 행위에는 동기가 있으며, 그 동기는 주어지는 것이 아니고 스스로 찾아오는 것이라고 나는 본다. 생활에 지치고 마음에 공허를 느낄 때 사람은 무엇을 할 것인가. 리카르도 캐신은 《등반 50년》에 산과 처음 만난 순간을 털어놓았다. 에드워드 윔퍼는 잡지사의 청탁으로 산의 목판화를 그리러 갔다가 그 속으로 끌려 들어갔다. 헤르만 불은 고향 인스부르크에서 카르벤델(2,749m)이라는 멋진 산을 보며 자랐다. 이런 이야기는 끝도 없다. 우리 마음에는 문명보다는 자연을 그리워하는 잠재의식이 있다. 경험 이전의 이야기, 바로 귀소본능이다.

근자에 새로운 사실을 하나 알았다. 폴란드 등산가 보이테크 쿠르티카의 평전을 옮기며 그가 어떻게 산과 만나고 어떻게 산을 올랐는지 자세히 알게 된 것이다. 오늘날 널리 알려진 등산가지만, 그에게 내가 궁금한 것은 등반 능력이 아니라, 산이 그에게 무엇이었나 하는 것이었다.

그가 활동하던 시절의 폴란드는 아직 공산권을 벗어나지 못해, 무엇보다도 자유라는 것이 없었다. 삶에 무슨 의욕이 있었겠는가. 그러니 쿠르티카는 산과 만나지 않을 수 없었다. 자유를 찾는 길은 산에 가는 것밖에 없었다. 그러다 보니 불법으로 국경을 넘나들게 되고, 먹고살기 위해 밀수까지 하게 되었다. 결국 산악인으로서 그의 일생은 그런 과정이었다.

어린 시절, 어려운 환경 속에서 그가 그나마 정을 붙일 수 있는 곳은 자연과 가정이었다. 그곳이 그에게 마음의 고향이었다. 쿠르티카는 한때 예지 쿠쿠츠카와 같이 히말라야에 갔다. 그러나 죽음을 모르던 쿠쿠츠카와 달리 언제나 살아서 고향으로 돌아간다는 생각이 강했다. 귀소본능이 남달랐다고나 할까.

나는 오랜 세월 등산 세계에서 살며 멋진 인생을 여럿 보았다. 복잡하고 살아가기 힘든 속에 그런 인간들이 있다는 것이 새삼 사는 보람마저 주었다. 우리나라가 해외여행을 자유롭게 할 수 없던 시절, 지리산을 200회나 오른 사나이가 있었고, 그 뒤 인수봉만 200회 등반했다는 사나이가 나왔다. 근자에 백운대 등반 1,000회를 목표로 하는 노장이 있다는 것을 알고 나는 그저 할 말을 잃었다. 남들은 멀리 알프스와 히말라야에 가고, 7대륙 최고봉 완등이니 하며 야단법석인데, 이들은 조용히 자기 길을 가고 있었다. 모두 산악계에는 잘 알려지지 않은 인물들이다.

등산이란 필경 자기인식에서 오는 의식과 행위의 세계다. 이른바 공명功名과는 무관한 오직 자유의 세계다. 세계의 운명이 되어간다는 고향 상실의 시대에서, 그래도 우리가 해야 할 것은 결국 각자 고향인 자연으로 돌아가는 길밖에 없다. 그리고 그것이야말로 문명과 자연 틈에 낀 인간의 생존 조건이리라.

누구에게나 내일은 있다

키르케고르의 《죽음에 이르는 병》은 너무도 유명한 책이다. 실존철학 선구자의 이 책은 실은 종교적 결단을 요구하는 것이 주제였다. 간단히 말해서 사람은 절망할 때 죽음을 찾게 된다는 이야기다. 절망이 죽음의 원인이라는 뜻인 셈이다.

어떻게 되어서 여기까지 왔는지 모르나, 우리나라의 자살률이 세계에서 제일 높다고 한다. 생활고가 가장 큰 원인이겠지만 인생에 대한 고민도 있으리라고 본다. 그런데 등산가가 자살하는 일은 우리나라는 물론 외국에도 드물다. 등산가는 그 어려운 산행을 스스로 좋아서 하고 위험을 극복하며 무한한 희열을 느낀다. 그런 인간은 쉬 자살하지 않는다.

등산을 일종의 신앙이라고 한 사람은 히말라야 자이언트 14개 중 하나인 마칼루(8,481m)를 초등한 프랑스 원정대의 대장 장 프랑코였다. 그는 등산은 스포츠요 탈출이며 때로는 정열이고 거의 언제나 일종의 신앙이라고 했는데, 유·무신론을 떠나 등산에는 종교적 요소가 다분히 있다는 이야기다. 원래 등산이 생과 사의 갈림길에서 벌어지는 일이 많다 보니 등산가는 종교적 심정에 처하기 쉽다. 등산 세계에서 한때 가장 멋진 파트너십을 발휘했던 라인홀트 메스너와 페터 하벨러Peter Habeler는 철저한 무신론자와 돈독한 기독교 신자의 결합이었다. 그런데 메스너가 끝까지 믿은 것은 자기 자신이었지만 결코 신이 없다고는 하지 않았다. 다만 어려울 때 자기를 돕는 것은 신이 아니라 자기 자신이라는 것이다.

인생에서 내일이란 무엇일까. 그것은 희망이며 때로는 몽상이다. 누구나 어떤 것을 바라보고 꿈을 꾸며 산다. 그것이 생활의 의욕이며 활력이다. 꿈이란 보통 이루어지지 않지만 그래도 꿈이 없는 인생은 삭막하다. 꿈의 장점은 자유로운 자기만의 재물이라는 것이다. 인생은 즐겁기보다는 힘들고 어려운 법인데, 그것을 긍정적으로 살아가는 것이 그 주인공의 사명이고 책임인 셈이다.

가스통 레뷔파의 《설과 암》과 《별과 눈보라》는 세계대전으로 절망과 실의에 빠진 젊은이들에게 등산이라는 새로운 세계를 열어준 책이다. 알피니즘의 역사는 오랜 세월 속에, 그때그때의 시대상이 배경으로 되어 있지만, 그중에서도 20세기 초반에서 중반은 인류에 위기의 시대였다. 이런 때 인간의 야욕과 편견에서 벗어나 순결 그 자체인 대자연 속에 뛰어드는 등산은 당시 젊은이들에게 엄청난 매력이었으리라. 앞날이 보이지 않는 그들에게는 헤쳐 나갈 앞날이 보인 것이다. 발터 보나티와 리오넬 테레이 같은 알피니즘 거장이 나타난 것도 이 무렵이다.

앞날이란 그저 다가오는 것이 아니다. 그것은 반드시 오늘을 조건으로 하고 그 바탕 위에 나타나며, 오늘에서 벗어나고 지금과 다르기를 바라는 것을 원칙으로 하고 있다. 우리 산악인은 겨울이 오면 빙벽 등반이나 스키를 생각한다. 산악인으로서 내일의 꿈이다. 남들은 새해를 맞으며 각자 새로운 출발을 해보려고 하며, 또한 봄날이 되면 역시 두꺼운 겨울옷을 벗고 가벼운 차림으로 앞날을 내다본다. 이것이 우리가 사는 모습이 아닐까. 대개는 그런 결심이 오래가지 않고 다시 평범한 일상으로 돌아가지만, 인생에서 어떤 계기를 맞아보고 싶어 하는 것은 삶의 자연스러운 욕구다.

근자에 새로운 인물이 나타났다. 젊은 여성으로 변호사였는데, 어쩌다 등산 세계에 눈이 뜨여 그 길을 철저히 두드리기 시작했다. 한라산을 시작으로 금정산과 태백산으로 옮겨가며 그때마다 산행기를 쓰고 있다. 최근에는 "나는 알피니스트로 살고 싶다."라고 자기 고백을 했다. 나는 긴 세월 등산 세계에서 살아오며 이런 인간을 도대체 처음 보았다.

내일은 누구에게나 온다. 그러나 이 젊은 여성에게는 그런 내일이 아니었다. 보통 내일은 오늘의 연장으로 그날이 그날이기 쉬우나, 사람에 따라서는 일대 전기가 되고 생의 전환이 되기도 한다. 도대체 무엇이 그녀에게 모티브를 안겨주었는지 궁금하다. 결코 흔치 않은 일이다.

나 자신은 어려서 산이 없는 평양에서 자라고 훗날 서울에서 북한산, 도봉산과 만난 평범한 인생이었는데, 어쩌다 철학 전공에서 등산 전공으로 코페르니쿠스적 전환을 했다. 그리하여 등산은 나의 운명이 되다시피 했다.

오랜 세월 절친하게 지내온 고교 교사가 근자에 편지를 보내 "회장님에게는 앞날이 있습니다."라고 말했다. 지난겨울 오스트리아 인스부르크에서 여러 날 스키를 즐기다, 추위에 꼼짝하지 못하고 두문불출하고 있을 사람이 갑자기 생각난 모양이다. 일종의 연민의 정인지도 모른다. 이제 와 내게 새삼 앞날이 있을 리 없지만 그 말을 그대로 받아들였다. 내가 긴 세월 살아온 길이 그것이었기 때문이다.

나의 인생 전반기는 파란만장에 가까웠다. 이십 대를 맞으며 북한에서 당시 38선을 넘고, 서울에서 고학하다 6·25를 당해 수년간 야전에서 전투를 치르고 나서 사회에 돌아왔지만, 앞날이 그저 암담했다. 그러나 한창 젊었을 때라 앞만 보고 달렸다. 그리고 이어진 인생 후기에서도 가진 것 없는 나의 인생은 여전히 내일이 희망이어서 몽상 속에 살았다. 사실 나는 파스칼의 말대로 생각하는 갈대처럼 살았다. 다만 그 길은 공명이나 어떤 영리와 무관한 인생이었다. 그런 속에서 나는 책을 펼치고 글을 썼다. 하고 싶어 하는 일이었다.

나는 드디어 산에서 멀어졌다. 마음과 달리 몸이 따르지 않는다. 결국 서재의 등산가가 된 셈이다. 그나마 아파트에서 수락산과 도봉산이 바라다 보인다. 한때 뛰놀던 산을 보며 산과 인생에 대한 주제를 생각한다. 나는 인생을 지식과 체험의 누적 과정으로 보는데 이제는 그런 길을 마음대로 갈 수 없다. 노화는 어쩔 수 없는 자연현상이다.

지금 내 책상머리에는 1940년대 후반 대학 시절에 친구들과 함께 찍은 사진이 놓여 있다. 모두 간 지 오래된 그들과 함께 지내던 그 고되면서도 앞을 바라보던 나날이 잊히지 않는다. 인생은 일장춘몽이라고도 하지만 그런 낭만적인 표현으로 받아들인 인생이 아니었다. 나는 무턱대고 앞만 보고 달렸다. 사람은 저마다 내일이 있어 산다. 그렇다고 그저 관성을 따라가기만 할 수는 없다. 천체는 언제나 자기 궤도를 돌지만, 인간에게는 의지와 정열과 동기가 있다. 그것이 필경 희망과 몽상일지라도 그 밖에 무엇을 바랄 것인가. 이것이 나의 앞날이었으며 내가 살아온 길이었다.

엘리엇의 시는 그 시대의 상징이었고, 소월의 진달래는 결코 봄의 찬가는 아니었다. 그 시들은 나의 이십 대 모습이었으나 그렇게만 받아들이기에는 당시 나는 젊었다. 그리고 그 활력으로 긴 인생을 살아왔다. 그것이 나의 앞날이었다.

서재의 등산가

4부

우리는 산과 어떻게 만나는가

글을 쓴다는 것

인간이란 어떤 동물인가? '만물의 영장', '호모 파베르', '생각하는 갈대' 등 멋진 표현들이 있다. 나는 여기에 '글 쓰는 동물'을 하나 더하고 싶다. 글은 생각의 연장으로 표현의 한 방법이지만 생각이 언제나 글로 나타나는 것은 아니다. 그런 의미에서 '글 쓰는 동물'도 말이 되지 않을까. 문맹자가 아니라면 글은 누구나 쓸 수 있겠으나 제대로 쓰기는 결코 쉽지 않다.

그전에는 학교 과목에 작문이 있었다. 하지만 시대가 흐르며 어느새 그런 시간이 없어진 것 같다. 작문이란 말 그대로 글 짓는 이야기인데, 생활이 복잡해지고 다양해지면서 글보다 기술이 중요시되고 있는지 모르겠다. 특히 디지털 사회가 되면서 사람이 책을 읽지 않게 되고, 글을 쓸 일도 날로 없어지고 있다. 그리고 그 자리를 컴퓨터와 인터넷이 차지했으니, 이제 인간은 글 쓰는 일과 더욱 멀어지고 말았다.

오랫동안 소식이 없던 여성 산악인이 어느 날 만나고 싶다고 했다. 지난날 우리나라 히말라야 여성 원정대 부대장이었기 때문에 기대가 적지 않았는데, 만나서 들은 이야기에 나는 놀랐다. 으레 하는 산 이야기가 아니라, 최근 글공부를 시작했다며 학원에 다닌다는 이야기였다. 학원에서 글을 가르친다는 것도 금시초문이었지만 글을 학원에서도 배울 수 있는 것인지 잠시 생각에 잠기지 않을 수 없었다.

나는 일찍이 그녀에게 지난날 있었던 여성 에베레스트 등반기를 쓰도록 이야기한 적이 있다. 해외원정을 다녀온 사람들은 많은데 그 등반기가 나온 일이 별로 없는 것이 우리 현실이다. 한마디로 글쓰기가 쉽지 않다는 이야기이리라.

누구나 글을 쓸 수 있는 것은 아니다. 쓰는 재주가 있어야겠지만 우선 쓸 것이 있어야 한다. 글에 담을 것과 글을 쓰는 재주는 직접 관계가 없다. 다만 글재주가 신통치 않으면 쓰는 재미도 없을 것이며, 주제도 자연스레 머리에 떠오르지 않을 것이다. 글이란 사고思考의 형식이다. 몇 가지 장르로 나눌 수 있는데, 소설과 수필이 그 좋은 예다. 여기서 '글쓰기'는 일반 생활인으로서의 지식과 체험을 그때그때 글로 나타내는 일을 말하며, 산악인의 경우 등반기를 쓰는 것을 말한다.

글쓰기와 직접 관계가 있는 것이 독서다. 가을이 오면 '독서의 계절'이라는 말이 흔하게 들렸는데 오늘날에는 사어死語가 되고 말았다. 거리에서 서점이 없어지고, 전철에서 책을 손에 든 사람을 볼 수 없게 되었다. 누구나 스마트폰이다. 책을 읽고 글을 쓰는 일이 어느새 시대착오처럼 되고 말았다. 전자 문명이 활개를 치고 사회가 디지털화하며 원고지와 노트가 자취를 감추었다. 도대체 편지 한 장 쓸 용지가 없다. 펜은 일회용 볼펜 일색이고, 만년필은 세계에 널리 알려진 브랜드로 모두 고가에 사치품이다. 만년필을 처음 본다는 대학생을 보고 나는 그저 놀랐다.

지난 20세기 초 올더스 헉슬리와 조지 오웰의 책이 세상을 놀라게 했는데, 미래 전망을 담은 《멋진 신세계》와 《1984년》이다. 그러나 그토록 예리한 혜안을 가지고 있었으면서도 글이 무시되는 오늘날의 디지털 시대를 예견하지는 못했던 것 같다. 불과 한 세기 만의 변화다.

사람들이 책을 멀리하고 글을 쓰지 않는 일에 그다지 신경을 쓰지 않는 데에는 그런대로 이유가 있어 보인다. 살아가는 데 별 문제 되지 않기 때문인 듯하다. 디지털 사회에서 잃는 것과 얻는 것이라는 글을 쓴 사람이 있는데, 얻는 것보다는 잃는 것이 문제라는 요지다. 인간은 노동으로 살아가기 마련이다. 생활이 디지털화하며 육체적 노동이 점점 사라질 때 우리는 사는 보람을 무엇에서 느낄 것인가. 독서란 일종의 육체적 노동이며, 글쓰기 역시 노동이다.

글을 쓰는 데는 정도正道가 없다. 그러나 글을 쓰는 일은 쉬울 수도 있다. 편지가 좋은 예다. 어느 독일 작가가 〈편지 쓰기〉라는 단편을 쓴 적이 있다. 서로 가까이 살며 전화도 있으나 언제나 서로 편지를 기다린다는 이야기다. 한번 생각해볼 일이 아닐까? 아놀드 토인비가 "가속도로 달리는 오늘날 우물쭈물하는 자는 롯의 아내 꼴이 된다."라고 경고한 바 있지만, 긴 세월 편지 한 통 써보지 못하는 현대인을 생각하면 인생이 너무나 삭막하고 허망하게 느껴진다.

지난날 우리는 "뜻이 있는 곳에 길이 있다." 또는 "하늘은 스스로 돕는 자를 돕는다."라는 말 속에서 자랐다. "뿌리지 않는 씨에서 싹이 나지 않는다."라는 말도 있는데, 모두 인생이 노력의 산물임을 뜻하는 셈이다. 글은 재주로 쓰는 것이 아니며, 남에게 보이려고 쓰지도 않는다. 자기가 쓰고 싶어서 쓰며, 마음의 공백을 의식했을 때 펜을 들게 된다. 이때 글이 잘 쓰이고 안 쓰이고는 문제가 아니다. 우선 쓰는 것이 중요하다. 그리고 느껴지는 것이 있으면 글을 쓴 보람이 있다.

이렇게 써 나간 글은 필경 잡문雜文이겠으나, 그것이 모이면 문집文集이 된다. 남들이 어떻게 보건 자기의 소중한 기록이다. 나 역시 이런 문집을 여러 권 가지고 있는데, 많은 장서 가운데 늘 손이 가서 펼치게 되니 재미있다. 언젠가 세상을 떠날 때 이것들만은 꼭 가지고 가고 싶다.

山書를 읽고 싶다

산에 대한 글을 읽고 싶다. 산에 대해 이야기도 하고 싶다. 할 일 없고 무료해서가 아니다. 속이 텅 빈 것 같아 사는 재미가 없기 때문이다. 세상은 풍요로운데 날이 갈수록 마음이 허전하다. 세월은 여전히 가는데 그날이 그날, 새로운 것이 없다. 그전 같으면 시간을 내서도 가던 산에 가지 못하니 무슨 재미로 살겠는가. 긴 세월 산악인으로 살아왔는데 어느새 이렇게 되었다.

지난날이 새삼 생각난다. 오래전에 낸 수필 가운데 〈겨울이 오면〉을 쓰며 어느 성악가가 「겨울은 이렇게 빨리 와야 하나」를 부른 이야기를 한 적이 있는데, 먼 지방에 사는 독자가 그 곡을 알고 싶다고 했다. 얼마 전에는 내가 쓴 〈시베리아 타이가에 천막 치고 싶다〉를 인터넷에서 읽었다는 여성도 있었다. 이 젊은이는 친구들과 덕유산을 오르며, 일행은 모두 무주리조트의 리프트로 가고, 혼자 산길을 땀 흘리며 올랐다고 한다. 나는 그 글을 읽으며 새삼 등산이란 무엇인가 생각했다.

언젠가 제주도에서 만난 여성이 느닷없이 '정당한 방법으로'

에 대해 물어본 적이 있는데, 그곳 대학 산악부 출신이었다. 또한 중견 산악인이 한여름 샤모니에서 당 뒤 제앙을 오르며 '정당한 방법으로'를 생각했다며, '모르겐로트'에 대해서도 물어왔다. 알다시피 '정당한 방법으로'란 근대 기술에 의한 수단을 쓰지 않고 자기 힘만으로 오르는 등산 정신을 말하고 '모르겐로트'는 동 틀 무렵 햇빛을 받은 산이 반짝이는 것을 뜻한다. 산친구들과 만나면 이렇듯 산이 대화의 중심이 된다. 산악인에게 산 이야기는 호흡과도 같다는 이야기리라.

당나라 시인 가운데 "공산불견인"이니 "유연견남산"이니 하고 읊은 사람들이 있다. 고요한 산에 사람이 없다거나 그윽하게 남산을 바라본다는 말에는 그 옛날 자연 속에 살던 웅대한 기품이 들어 있다. 인생은 삶의 태도가 언제나 중요하다. 등산에 "고도보다 태도Attitude more than Altitude"라는 말이 있다. 등산가에게 중요한 것은 정상이 아니라 정상으로 향하는 과정이라는 이야기다. 더 오를 데가 없는 오늘날의 우리에게 그 이상 가는 키워드는 없으리라.

근자에 중견 산악인 두 사람이 책을 냈는데 쉽지 않은 일이다. 글은 재주로 쓰는 것이 아니며, 지식과 체험이 언제나 바탕이 되면서도 사상이 작용해야 한다. 문장의 우열은 그다음이다. 특히 산에 대한 글이 그렇다. 산악인은 사회인과 달리 남다른 체험을 하게 되며 그대로 표현되는 것이 산에 대한 글이다. 언제나 쓸 것이 많고 화제도 많을 터인데 정작 글은 별로 없다.

서재의 등산가

일본은 자연이 우리나라와 달라서 표고 2,000~3,000미터 지대가 이어진다. 이른바 일본 알프스인데, 서구의 등산 사조가 들어오기 전 그들은 이런 데를 며칠씩 가며 글들을 남겼다. 필자는 모두 당대의 지식인이었다. 19세기 이야기다. 그들은 쌀과 된장을 가지고 텐트도 없이 깊은 계곡과 높은 산을 갔다. 비가 오면 기름종이를 쓰고 아무 데서나 노숙을 했다. 그들의 산행은 근대 등산과는 거리가 멀었지만, 인적이 없는 깊은 숲과 높은 산을 가는 이야기는 신선했다.

나는 긴 세월 서구 산악계의 글만 보다가 근자에 이런 글과 만나며 일찍이 느껴본 적 없는 생의 희열을 알았다. 산서란 이런 것이다. 유명한 《일본백명산》이 나온 것이 20세기 초반인데, 우리에게는 20세기 후반에 《한국명산기》가 나와 그나마 다행이었다. 그런데 일본의 등산 잡지 〈산과 계곡〉이 창간 90돌을 앞두고 산악문고를 수십 권 발행하고 있다. 그런데 우리는 내고 싶어도 낼 것이 없다.

우리나라 산악계는 열악한 환경을 딛고 오늘날 세계 무대로 진출했다. 등산 월간지 〈山〉이 올해로 창간 50주년이니 늦었다고만 할 수는 없다. 표고 2,000미터도 안 되는 저산지대에서, 그리고 개발도상국에서 우리는 세계에서 8번째로 에베레스트 등정 국가가 되었으며, 히말라야 자이언트 완등자가 남녀 6명을 넘었는데 이들에게는 책이 없다. 보통 일이 아니다.

「겨울은 이렇게 빨리 와야 하나」의 곡을 물어본 여성은 분명

내 책《산의 사상》을 읽었을 것이고, '정당한 방법으로'를 내게 물은 여성도 내 글을 본 것이 틀림없다. 그렇다면 산에 오른다고 모두 산악인일까. 산을 알고 등산이 자기의 생활을 규제할 때 비로소 산악인이라고 나는 생각한다. 산악인이 산서를 읽고 글을 쓰는 것은 자유다. 그러나 그런 사람과 그렇지 않은 사람 사이에는 눈에 보이지 않는 단절이 있으며, 그 단절은 만나서 이야기할 때 분명하게 드러난다.

일본의 산서를 보다가 이런 글과 만났다. "산장의 밤. 그 산장에는 아무도 없었다. 그러나 철제 난로와 장작이 있어서 우리는 행복한 밤을 누리며 노래도 불렀다. 바람이 강해서 밖에서는 나뭇가지가 부러지는 소리가 들렸다. 우리는 일찍 침낭에 들어갔는데, 여전히 바람이 거세게 불었다." 별것 아닌 글이지만 우리는 체험할 수 없는 산장의 밤 이야기다.

내게《산을 오르고 내려오며Bergauf Bergab》라는 책이 있다. 알프스를 무대로 한 산악 카메라맨의 회고담이다. 제목에 비해 재미는 별로 없다. 필자의 체험 세계에 깊이가 없다는 이야기다. 나는 산서를 읽으며 혼자만의 판타지에 빠지곤 한다. 그러면 지난날의 체험이 눈앞에 나타나는데, 에베레스트나 그린란드 이야기만이 아니라 국내에서 있었던 이런저런 일까지 함께 겹친다. 체험은 자신의 것이고 언제나 소중하다. 산악인이라면 그런 체험이 적지 않을 것이며, 그도 그런 과거를 바탕으로 오늘을 살아갈 것이다. 나는 그런 이야기를 듣고 싶고, 그런 글을 읽고 싶다.

서재의 등산가

지금 나는 인생의 후기를 살고 있어서 더 이상 새로운 세계를 바라보지 못한다. 남달리 가지고 있는 것은 없으나 이따금 산친구가 만나자면 그저 즐겁기만 하다. 그리고 산 이야기를 나누는 것이 좋다.

며칠 전 시내 카페에서 산서를 번역하고 있었는데, 느닷없이 젊은 여성이 다가왔다. 모두 스마트폰에 얼굴을 파묻는 상황에서 내가 무엇에 그리 몰두하고 있는지 궁금하다는 이야기였다. 카메라로 내 모습을 여러 장이나 찍었다. 그러나 산을 몰라 길게 이야기할 것이 없었다. 이런 때 산친구였다면 상황이 달라졌으리라.

오라는 데도 갈 데도 없지만 나는 조금도 무료하지 않다. 산서가 언제나 옆에 있기 때문이다. 이 번잡한 세상과 나는 관계가 없다. 나는 이따금 앞산을 바라보며 지난날을 생각하고, 한편 상상의 나래를 펴기도 한다. 그야말로 자유를 만끽하는 셈이다.

어느 젊은이가 산과 만나며

오랜만에 정말 오래간만에 새로운 글과 만났다. 그야말로 신선했다. 〈나만의 하늘과 땅 사이 한라산에 올라〉라는 글이다.

한라산은 남한의 최고봉으로 웅대하고 수려하다. 그러나 필경 낮은 산이며 사철 눈이 있는 것도 아니다. 그렇지만 누가 제주도의 아이덴티티를 묻는다면 나는 한라산이라고 대답하고 싶다. 한라산 하면 제주도, 제주도로 떠오르는 것이 한라산 아닐까. 한반도 북단에 백두산이 있고 남단에 한라산이 있으며, 각각 그곳의 최고봉이니 이런 배치도 유별나게 멋지다. 제주도는 남쪽 나라, 야자수가 무성하고 밀감이 열리는 아열대성 기후인 것도 우리로서는 얼마나 다행스러운지 모른다. 그런데 이 필자는 산행기에 다음과 같은 시구를 인용했다.

그대는 아는가 레몬 꽃 피는 나라를
잎의 그늘에서 오렌지가 무르익고
푸른 하늘에서 산들바람 부는 ……

괴테의 《빌헬름 마이스터의 수업시대》에 나오는 「미뇽의 노래」다. 나는 너무 놀라 그 산행기를 읽고 또 읽었다. 삼십 대 변호사가 일도 바쁘고 고달플 터인데 언제 괴테의 책을 읽었는지 모르겠다. 물론 공연한 의심이고 관심이지만, 오늘의 현실을 생각할 때 그저 읽고 넘어갈 수가 없었다.

놀란 것은 이것만이 아니다. 그녀의 길지 않은 산행기에는 느닷없이 시베리아 밀림지대인 타이가 이야기도 나왔다. 체호프가 100년 전 사할린을 다녀오며 남긴 여행기 〈시베리아에서〉에 나오는 멋진 이야기다. 필자는 한라산을 오르며 산허리를 덮다시피 한 숲을 보고 바로 시베리아의 그 유명한 밀림을 연상했으리라. 가본 적 없는 나라의 풍물과 풍토를 그리워하는 마음이 그대로 느껴졌다. 독일어에 '페른베'라는 낱말이 있는데, '먼 곳에 대한 그리움'이라는 감성이 이 젊은이의 생활 의식 속에 깊이 뿌리를 내리고 있는 듯했다.

표고 1,950미터의 한라산은 필자가 생전 처음 가본 고산이며, 이 산행기가 첫 작품이리라. 그러니 감격은 남달랐을 것이고, 그래서 산행기가 더욱 신선함을 주고 있는지도 모른다. 그 신선함은 도대체 어디서 왔을까? 날로 디지털화하는 오늘날, 특히 경쟁 속에 사는 젊은이들은 책과 거리가 멀다. 책을 읽어도 베스트셀러가 고작일 터인데, 필자는 100년과 200년 전의 체호프와 괴테에 눈을 돌리고 있었으니 나는 할 말을 잊었다.

필자는 한라산 정상에 올라 백록담을 바라보며 옛날 바이런

의 시 또한 연상했다. 바이런은 18세기에서 19세기를 산 시인으로, 스위스 레만 호반의 아름다운 고성인 시옹성에 남긴 시로 특히 유명하지만, 레만호를 읊은 시도 아름답다. 탐미주의자인 그는 인생을 깊이 있게 명상했다.

온 천지가 고요하다.
잔잔한 호수도 빛도 공기도 나뭇잎도.
이때 우리는 고독을 느끼며
이러한 삶으로 스스로를 정화한다.

필자는 바이런의 시에 담긴 인생의 페이소스를 자기의 시적인 감성으로 감정이입하고 있다. 그녀가 산행기에 인용한 글은 모두 이렇게 해서 자기 것이 되고 있다. 단순한 인용이 아니다. 이 산행기는 라인홀트 메스너의 《검은 고독 흰 고독》도 원용하여 에필로그로 삼았는데 그 또한 제법이다.

〈나만의 하늘과 땅 사이 한라산에 올라〉는 한 편의 시와 같다. 그 시에 일관된 시정은 '정일serenity'이다. 맑고 고요하며 평정이 조화를 이룬 세계다. 이 시대를 살고 있을 젊은이의 생활에서 어떻게 이런 정일함이 결정結晶되었는지 놀랍다.

한라산은 등행이 어렵지 않고 즐거운 산이다. 그러나 초겨울 날씨에 필자는 운이 좋았다. 평일이라 사람도 없었지만 마침내 눈까지 내렸으니 얼마나 흐뭇했을까. 나는 어느 해 설날 무렵 한라산 정상에서 느닷없이 눈보라를 만나 퇴각했던 생각이 났다.

등산은 알프스나 히말라야에서만 멋진 것은 아니며, 산행기 역시 해외원정 기록이라고 더욱 가치 있는 것도 아니다. 기도 레이의 말대로 등산은 언제나 초등이고, 발터 보나티에 따르면 산은 산을 오르는 자의 것이다. 그런데 산에 가는 사람은 많아도 산행기를 쓰는 사람은 별로 없는데, 이 필자는 생전 처음 산을 오르며 산행기까지 썼다.

이 한라산 산행기를 쓴 사람은 우리 산악계에 전혀 알려져 있지 않은 젊은이로, 야산 같은 국내 산도 별로 오른 것 같지 않다. 그렇다고 주말 하이커로 보이지는 않는다. 그런 뉴페이스가 느닷없이 우리나라 고봉 중 하나에 올라 "나만의 하늘과 땅 사이……" 운운하고 당당히 선언하고 있으니 젊은 기백과 비전이 그대로 느껴진다. 나는 그저 그 젊은이가 누구인지 궁금했다.

우리 주변에는 멋지고 빛나는 산행을 하고도 그에 대한 기록이 눈에 띄지 않는다. 그런데 이 젊은 여성은 평범한 한라산에 오르고 산행기를 썼다. 사람과 산의 만남이 계속 이어지고 있다는 이야기다. 나는 산악인을 특별한 인간으로 보지 않는다. 등산 세계는 일반 생활 세계와는 다른 조건과 가치관을 가지고 있지만 필경 인간의 사회다. 거기 무슨 특권이 있으며 배타성이 있겠는가. 그런데 이런 평범함 속에 결코 평범치 않은 것이 있다.

한라산 산행기의 필자는 분명한 직업이 있는 여성으로 남다른 생활의식을 가지고 있다. 우선 그 독서 세계가 취미를 벗어나 자기 생활 조건의 하나로 되다시피 했다. 그리고 감정이입은 빠르고 정확하며, 바로 한라산 초등이 산행기로 이어진 셈이다.

오늘날 젊은이들은 한마디로 부족을 모르며 불편을 느끼지 않고 살고 있다. 나는 그런 세상에서 마음에 늘 공백과 공허를 느끼고 있는데, 여기 남다른 젊은이를 만나 새삼 인생이란 무엇인가 생각하게 되었다. 그녀의 한라산은 누구나 오르는 한라산이 아니었다. 에드워드 윔퍼가 오른 마터호른이 오늘의 마터호른이 아닌 것처럼.

발터 보나티가 알프스를 떠났다가 먼 훗날 몽블랑으로 돌아온 이야기가 생각났다. 이 한라산 산행기를 쓴 필자가 근자에 독서 방향이 바뀌는 듯하더니 산에 대한 글이 더는 보이지 않았다. 그러나 나는 산과 인생의 관계를 생각하면 언젠가는 다시 산으로 돌아오리라고 믿는다. 언젠가 다시 한라산을 찾을 때 어떤 감회에 젖을지 무척 궁금하다.

서재의 등산가

나는 에베레스트에서 새롭게 출발했다

1977년 에베레스트 도전은 내 생애의 또 다른 전환점이었다. 철학에서 등산으로 느닷없이 코페르니쿠스적인 대전환을 했다는 이야기다. 사실 국내의 산도 제대로 오르지 못하고, 등산에 대한 지식이나 경험도 없이 세계 최고봉에 달려들었다. 모험이란 원래 미지의 세계에 대한 도전이지만, 내 경우는 해도 너무했다. 그러나 느닷없는 과제라 해도 그대로 넘길 수가 없어, 그저 "태산이 높다 하되 하늘 아래 뫼이로다."만 믿고 나섰다.

1970년대의 우리나라는 비로소 전근대적인 모습에서 벗어나려 안간힘을 쓰고 있었다. 국민소득 800달러에 기업다운 기업이 없어 도움을 받을 만한 곳이 단 한 군데도 없었다. 다행스럽게도 정부의 지원이 있었다.

그 무렵 히말라야에서는 최고봉들이 모두 등정됐지만 도전은 계속되고 있었으며, 특히 에베레스트는 세계적인 도전의 대상이었다. 그런 흐름 속에 어느 모로나 약소국인 한국이 나설 처지가 아니었다. 그야말로 무모하게 열강들의 각축장에 우리가 뛰어든 것이다. 그것은 지식이나 체험보다는 신념에서 비롯된 일이라고 나는 생각한다.

에베레스트는 설악산을 많이 올랐다고 갈 수 있는 곳이 아니다. 히말라야가 어떤 곳이며, 무엇이 무엇인지 아는 것이 가장 중요하다. 나는 처음부터 이런 관점에서 시작했다. 당시 우리나라 산악계는 히말라야를 아는 사람도 필요한 정보도 없었다. 에베레스트 초등에 영국이 32년을 애쓴 것을 아는 사람이 없었다.

우리는 1977년의 에베레스트에서 세계 산악계에 내세울 만한 기록을 남기지 못했다. 다만 우리 형편에 세계 무대에 합류했다는 것에 스스로 자부와 긍지를 느낀 것뿐이었다. 사실 나는 불모지나 다름없는 우리나라 처지에서 에베레스트에 대한 꿈을 안고 그 엄청난 일을 밀고 나갔는데, 그것으로 끝나지 않고 또다른 세계로 도약하다시피 했다.

이를테면, 등산 세계에 문외한이나 다름없는 나 자신에 눈을 뜨자 선진 등산 문화의 세계가 보이기 시작한 것이다. 나는 에베레스트에서 돌아와 바로 등산연구소를 열고 각국의 등산 잡지를 입수해 주요 내용을 우리말로 옮기기 시작했다. 그러나 한계가 있었다. 이 일을 함께 해낼 인재가 주변에 없었다.

등산 선진국이란 알프스를 중심으로 한 영국, 독일, 프랑스, 이탈리아 등 4개국인 셈인데, 나는 그들의 등산 잡지를 통해 알피니즘이 지닐 수밖에 없는 운명이 어떤 것인지 점차 깨닫기 시작했다. 그리고 서구의 근대화와 동시에 출발한 등산의 미래가

서재의 등산가

눈에 들어왔다. 인공지능과 인간의 운명을 생각하면, 알피니즘의 미래가 여러 가지로 염려되지만, 등산이란 인생과 같은 것이며, 그 고소 지향성을 생각하면 산악인은 이 문제를 추구하지 않을 수가 없다. 알피니즘의 미래는 새삼 물을 것도 없다. 자연이 문명 앞에 점차 소멸되고 있으며, 등산 세계가 변해 알프스에는 반데룽, 히말라야에는 트레킹 바람이 불고 있다.

2017년은 우리가 에베레스트에 간 지 40년이 되는 해다. 이 긴 세월이 내게 가져온 것은 무엇일까. 하지만 나는 지난날을 회상만 하지 않고 오직 앞을 보고 살아왔다. 그러자 그때까지 살아온 세계와는 다른 인생이 눈앞에 열리기 시작했다. 즉, 정보화 시대에 우리가 몰랐던 등산 선진국의 문화에 눈이 뜨여, 그들이 남긴 유산을 연구하게 되었다.

이렇게 해서 뒤늦게 출발한 나는 등산 세계에서 많은 것을 배워 알피니즘의 미래를 내다볼 수 있게 되었다. 그런데 그것은 한마디로 갈 길이 끊어진 암담한 미래였다. 모험이나 개척의 시대가 사라지고 그것이 이벤트화해 젊은이들은 그 길을 갈 수밖에 없었다. 그들은 히말라야를 행글라이더로 날고, 박쥐 옷차림으로 알프스 절벽에서 허공으로 뛰어내렸다. 물론 사상자가 나왔지만 그런 행위는 법으로도 규제하지 못했다. 화려한 과학기술이 가져온 문명사회의 종말 현상이나 다름없었다.

괴테는 평생 걸려 쓴 《파우스트》에서 "개발은 무덤을 파는 것이다."라고 했지만, 그가 간 지 200년이 지난 오늘날 우리는 그

비유와 유추를 눈앞에 보고 있는 셈이다. 20세기 초반에 조지 오웰이 《1984년》을, 올더스 헉슬리가 《멋진 신세계》를 써서 세상을 놀라게 했는데, 이 모두가 난숙할 대로 난숙한 현대문명이 가져온 인류 미래의 명암을 단적으로 그렸다. 우리는 지금 그런 시대를 살며, 부족과 불편을 모르고 문명의 플러스 면만 보고 그 마이너스 면에는 관심도 없다시피 하고 있다.

한때 역사는 이데올로기에서 오는 갈등으로 기록되었지만, 지금은 생각지도 않았던 복병이 나타나기 시작했다. 인공지능이 인간의 지성을 앞지르려 하고 있다. 그리하여 필경 인간이 만든 기계와 기술에 우리의 운명을 맡길 수밖에 없는 처지에 이르고 있다. 이때 알피니즘의 세계는 어떻게 될 것인가.

디지털 사회에서 소외되고 있는 산악서적에서 나는 등산 역사를 기록해 나간 거인들의 궤적을 외로이 추적해왔다. 인간이 산에 다니는 한 읽어야 한다는 생각에서였다. 지난날 맨몸으로 에베레스트에 도전하며, 등산가로서의 공백과 허점을 느껴 이제라도 그것을 보완해보고 싶었다. 이것은 진솔한 나의 고백이며, 그 과정에서 한계를 느꼈지만, 그것은 스스로 극복하는 수밖에 없었다.

철학자 비트겐슈타인의 말이 생각났다. "언어의 한계가 세계의 한계"라는 것인데, 그렇다고 모르는 프랑스어와 이탈리아어를 새삼스럽게 공부할 수는 없었다. 결국 나는 그런 맹점을 독일어와 영어로 대체해 나갔다. 그래서 뒤늦게나마 발터 보나티와 리오넬 테레이 그리고 리카르도 캐신의 책을 만났다. 선진국에서는 반세기도 전에 읽힌 고전들을 21세기에 비로소 펼치게 되었으니, 그 뒤처짐은 새삼 말할 것도 없다.

1977년 우리의 에베레스트행은 그야말로 터무니없는 도전이었고 멀고 험한 행차였다. 그래서 더욱 우리는 원초적인 접근을 감행했는지도 모른다. 카트만두 교외부터 한 달 가까이 걸어가며 히말라야 사계절을 모두 체험하다시피 한 것은 지금 생각해도 소중한 체험이었다. 수직 이동인 셈이었다. 낮은 국내의 산도 제대로 모르면서 지구의 오지인 황무지에 도전했던 나 자신의 무모함을 나는 언제나 반추하며 살았다.

이제 에베레스트를 준엄하고 고고하다고 보는 사람은 없지만, 그 최고봉을 진정 알고 있는 젊은이가 있었다. 그는 해발고도를 그대로 올랐으니, 그 발상과 순수 알피니즘에 대한 향수와 애착은 그야말로 놀라운 일이었다. 그런데 끝내 그도 히말라야에서 가고 말았다.

무섭게 전진하고 변천하고 있는 오늘날 누구보다도 산악인인 우리가 갈 길은 어디며, 어떤 생각을 가지고 살아가야 할 것인가. 나는 누추하고 밝지도 않은 서재에서 그나마 창밖으로 낮은 산을 바라보며 에베레스트를 잊지 못하고 있다.

에베레스트는 우리에게 무엇이었나

한마디로 터무니없는 몽상이었다. 이 말을 1976년 미국이 독립 200주년 기념으로 에베레스트에 도전했을 때 그 등반기 표제에 썼다. 《터무니없는 몽상》이 그 책인데, 이를 쓴 릭 리지웨이Rick Ridgeway가 근년에 우리나라를 다녀갔다. 울주세계산악영화제가 제정한 세계산악문화상의 첫 수상자로 온 것이다.

그가 쓴 등반기는 평범한 에베레스트 원정기지만, 서두에 나오는 말이 잊히지 않는다. 에베레스트는 바위와 눈과 얼음덩어리 이상의 것으로, 그저 세계 최고봉이 아니며, 상징이자 비유 그리고 궁극의 목표며 지고의 위엄이라는 것이다.

미국이 에베레스트에 오른 것은 1963년에 이어 두 번째인데, 리지웨이가 1976년 원정을 군이 '터무니없는 몽상'이라고 한 데는 이유가 있었다. 그 원정대는 의사와 변호사, 대학교수와 비행기 조종사에 부동산업자 등 별의별 주말 등산 애호가들 12명이 대원이었다. 산악인이 아닌 일반 동호인들이었다.

1977년 우리의 에베레스트는 어떠했던가. 대원들은 산사나이

서재의 등산가

였지만 등산가라기보다 풋내기 산꾼들이었다. 2,000미터도 안 되는 국내의 산에서 놀던 젊은이들로, 밖에 나가본 적이 없었고 외국의 등산 정보도 제대로 접한 일이 없었으니 그야말로 터무니없는 몽상만 가진 집단이었다. 그뿐만 아니다. 원정 책임자가 얼마 전만 해도 산악계와 관계가 없던 오십 대 주말 하이커로, 등산 세계의 완전한 아웃사이더였다.

1977년 에베레스트 원정이 터무니없는 몽상이었던 다른 이유가 있다. 당시 우리나라는 국민소득이 1인당 800달러였으며, 산업다운 산업이 거의 없다시피 했다. 도와 달라고 손 벌릴 데가 한 군데도 없었다. 그런데 산악계 문외한이 마침 국회의원이었고, 사회 전체가 무관심한 속에 혼자 앞을 내다본 한국일보 회장도 국회의원이어서 막대한 원정비용 문제가 해결됐다.

에베레스트 원정 40주년을 맞아 오직 생각나는 것은 당시 우리 형편으로 어떻게 그런 발상이 가능했는지라는 것이다. 존 헌트John Hunt는 에베레스트 문제는 기상과 고도와 등반의 어려움이라고 했는데, 우리는 그저 멀고 험하다고 생각했다. 우리의 행차는 380킬로미터의 산록 행진에 따른 물류 문제를 비롯해서 아이스폴 루트 공작과 전진 캠프 설치, 고소적응과 고소 장기체류에서 오는 체력 소모, 그리고 무엇보다 산소 사용과 기상 변화 등 에베레스트와의 끝없는 싸움이었다. 그밖에 언어와 관습이 다른 현지인들을 둘러싼 복잡한 인간관계도 있었다.

내가 어쩌다 이 터무니없는 몽상에 휩쓸리게 되었을까. 그야말로 불가피한 운명의 장난이었다. 하여간 산악계에 생소한 인간이 느닷없이 등산의 베테랑처럼 변신했다. 철학에만 끌렸던 일개 서생이 하루아침에 알피니스트로 대전환을 한 셈이다. 사실 나는 에베레스트 원정을 계기로 비로소 자신의 무지와 공백을 느껴 선진 등산 문화에 눈을 떴고, 그러자 내 후기 인생의 패러다임이 바뀌기 시작했다.

도대체 에베레스트는 내게, 그리고 우리에게 무엇이었던가. 당시만 해도 에베레스트는 준엄하고 고고한 대자연이었다. 우리 외에 생명체가 없었다. 베이스캠프 예정지에 이르는 쿰부 빙하 일대는 거무스레한 모레인 지대로, 거기에는 크고 작은 빙산들이 숲을 이루고 있었다. 한쪽으로 푸모리과 칼라파타르에서 흘러내리는 빙하로 생긴 호수는 짙은 잿빛을 띠고 고요 속에 있었다. 1952년 스위스 원정대가 망설이며 베이스캠프로 삼았던 곳이다. 총 여덟 개의 전진 캠프를 설치한 그들은 아이스폴을 지나 로체 사면으로 가는 대설원을 '침묵의 계곡'으로, 로체 사면 중간에 있는 바위지대를 '제네바 스퍼'라고 명명해서 에베레스트 개척사에 영원한 기록을 남겼다.

그러던 에베레스트가 오늘날 어떻게 되었는지 아는 사람은 다 알고 있다. 나는 1996년 세계를 놀라게 한 존 크라카우어의 《희박한 공기 속으로》를 읽고 에베레스트의 변모를 알게 되었을 때 그저 가슴이 아팠다. 오늘날 에베레스트는 예전의 에베레스트가 아니며, 다시는 그때로 돌아갈 수 없게 되었다.

서재의 등산가

지난날 존 헌트가 에베레스트 초등을 노리고 항공사진을 보다 힐러리 스텝 부근의 모습을 판독하지 못해 애를 먹었다는데, 오늘날에는 거기에 사람이 몰려 교통정리가 필요하다. 에베레스트 정상에 수백 명이 운집해 장터를 방불케 하며, 로체 사면에 깔린 고정 자일에 사람들이 개미 떼처럼 매달리고 있다.

한때 에베레스트 등정의 관건이 아이스폴 돌파였는데, 그때 필요했던 루트 공작이 원정 활동에서 사라지고, 그 자리에는 '톨게이트tollgate'가 아닌 '톨로드tollroad'가 생겼다. 셰르파들이 원정대에게 통행료를 받는 시스템으로 전락한 것이다. 지난날 우리는 길이 3미터, 무게 15킬로그램의 알루미늄 사다리 100개를 가져가 98개를 썼다. 릭 리지웨이의 '터무니없는 몽상'이 사어死語가 된 지도 오래다.

에베레스트는 과연 그런 곳일까? 나는 그 준엄하고 고고하며 순결한 대자연이 날로 오염되고 있는 지구 한쪽에 여전히 그대로 있기를 바랄 뿐이다. 발터 보나티는 산에는 주인이 없으며 산에 가는 사람이 주인이라고 했는데 에베레스트의 주인은 누구일까? 그렇게 많은 사람이 가지만 그들은 어떻게 생각하고 있는지 모르겠다.

체험은 한 번으로도 충분하다고 나는 본다. 문제는 그 체험을 어떻게 살리는가에 있지 않을까. 나는 어쩌다 간 곳이 그 뒤 내 생활 속에 그대로 파고들었고, 그것이 전기가 되어 후기 인생이 새로운 방향으로 전개됐다. 도대체 설악산도 지리산도 모르고 부딪쳤던 에베레스트에서 나는 지금까지 느껴본 적이 없는 자신의 무지와 공백을 알았다. 눈앞에 나타난 아이스폴 규모에 우선 놀랐다. 높이 800미터의 아이스폴은 바로 북한산만 했으며, 에베레스트는 보이지도 않았다. 나는 창세기 이래의 모습 앞에 망연자실하면서도, 그 만고의 정적 속에서 마음의 평온을 느꼈다. 불안하지 않았고 공포감도 없이 그저 담담했다. 에베레스트 산군의 정일함이 작용했을까.

우리나라에서 열린 국제산악연맹UIAA 총회 만찬 때 그들 앞에서 잠깐 인사할 기회가 있었다. 세계 산악계 대표들에게 한국의 노 등산가가 새삼 뭐라고 할 것인가. 나는 일찍이 에베레스트에서 '정일serenity'와 그린란드에서 '무한immensity'을 느꼈다고 했다. 그들은 모두 기립 박수를 보냈다. 문명에 찌든 한 인간의 대자연에 대한 향수의 일단을 나는 말했을 뿐이다.

지금도 히말라야로 향하는 우리 젊은이들의 모티브란 어떤 것일까. 그들이 우리의 1977년 에베레스트 원정을 선봉으로 삼은 것은 분명한데, 이제라도 밝히고 싶은 것이 있다. 그때의 대장은 사실 당시 등반대장인 장문삼이었고, 등정자 고상돈은 부대장 박상렬을 뒤따라 간 셈이다. 장문삼과 박상렬은 1971년 로체샤르 원정의 주역이었고, 우리 산악계에서 히말라야 8,000미터를 처음으로 체험한 젊은이들이었다. 그들이 있었기에 '터무니없는 몽상'이 현실이 되었다는 생각은 지금도 변함이 없다.

서재의 등산가

등산 문화란 무엇인가

등산에는 등산 세계가 있으며 등산 문화도 있다. 산에 가는 사람들이 알건 모르건 등산은 그런 세계다. 등산이 생활의 연장이나 다름없게 된 오늘날 우리는 그런 세계에 살고 있다. 등산 문화란 구체적으로 어떤 것일까. 그 개념을 풀이하기가 쉽지 않고, 범위 또한 넓다.

등산복이 평상복처럼 되고, 오토캠핑을 휴식으로 즐기는 것이 그 좋은 예라고 나는 본다. 그들은 우리가 말하는 산악인이 아닌데, 등산이 일상생활에 배어들어 간 셈이다. 등산은 원래 배타적이고 독선적인 세계다. 곤란과 위험을 즐기고 감수하는 세계다. 그런데 일반인들은 그것과 관계없이 적당한 차림으로 가까운 야산으로 가서 하루를 즐긴다. 그것이야말로 생활의 연장이며, 그들은 거기서 또 다른 활력을 얻어 살아가고 있다. 더 바랄 것 없는 멋진 생활이다.

문화와 대치되는 말에 문명이 있다. 인간 생활에는 절대 불가결한 요소인데, 이 개념들도 풀이가 쉽지 않다. 굳이 따져보면

'문화'는 생활의 관습이나 정서를 말하고, '문명'은 사회의 제도와 구조를 뜻한다. 전자는 의식주와 관계가 있고, 후자는 국가 사회의 안보와 치산치수 및 사회 제도·구조와 관계가 있다. 문화는 자유로운 세계지만 문명에는 법적인 구속력이 필수다.

등산 문화는 어떤 특색을 가지고 있을까. 등산 문화가 등산 활동에서 비롯된 것은 누구나 안다. 이름부터 그렇다. 그런데 그 많은 스포츠에 문화라는 말이 없을 정도로 등산 문화는 일종의 특권을 가지고 있으며, 이것은 우리 산악인의 자랑이기도 하다. 산악인이 등산 문화의 주체며 지도 세력이라는 이야기다. 그런데 과연 우리가 그 주체를 의식하고, 그것이 일반 사회에 영향을 미치고 있는지는 잘 모르겠다.

우리나라 등산 무대인 자연은 빈약하다. 표고 2,000미터도 안 되며, 1,500미터 이상의 산이 10개 미만이다. 이에 비해 이웃 일본은 3,000미터의 험준한 산악지대에 1,500미터 고봉이 450여 개에 이른다. 등산 문화는 저절로 생겨나지 않는다. 싹이 트고 꽃이 피려면 적절한 토양과 기후가 필요하다. 자연 조건을 전제로 한다는 이야기다.

우리 산악계는 빈약한 자연 조건 속에 용케 활력을 얻어 오늘날 세계 무대에 뛰어들었다. 가상한 일이다. 그런데 그 실상은 어떤가. 외부는 화려한데 내면은 공허하기만 하다. 이것은 편견이 아니고 분명한 증거가 있다.

한동안 놀라울 정도로 앞서가던 우리나라 아웃도어 산업이 느닷없이 시들고 침체해, 그토록 멋지던 등산 월간지가 폐간되거나 운영난에 허덕이게 되었다. 해외원정 활동도 그전 같지 않다. 일상생활이 위축한 셈인데, 그렇다고 등산 문화를 운운할 수는 없다. 등산 문화는 산이 있고 사람이 있는 한, 그 생명을 이어가며 앞으로 나아가기 마련이다. 산악인 자신에게 달려 있다.

근자에 중견 산악인 두 사람이 그들의 체험기를 내놓았다. 얼마나 반가운 일인지 모른다. 이런 것이 등산 문화라고 나는 생각한다. 산악인이 그저 산만 올라가는 것은 의미가 없다. 산에 가는 사람은 많지만 산에 관한 이야기를 할 사람이 없다. 책과 거리가 멀다는 이야기인데, 그런 속에서 책들이 나왔으니 우리 산악계의 앞날이 보이는 것 같다.

사회의 디지털화는 어쩔 수 없는 일이지만 산악계는 갈 길을 가야 한다. 카페가 날로 늘고, 서점은 보이지 않는다. 근자에 서울의 유명 대형서점이 공간을 거의 일반상품 판매 전시장으로 하고, 북 코너가 명맥만 유지하고 있다. 눈물겨운 현상이다.

그런데 일본의 소식을 접하고 너무 놀랐다. 그들도 1990년대에 경제대국이 되며 산에서 젊은이들의 모습을 보기 어렵게 되었었는데, 그런 가운데 일본의 유명 등산 잡지 〈산과 계곡〉이 말없이 행동하고 있었다. 일본도 출판계가 불황에 허덕이고 있는 줄로만 알았더니, 이 잡지사가 '야마케이 문고'를 50종이나 발행하고 있었다. 마침내 우리나라에서는 '하루재클럽'이 나타나, 세계 유명 산악도서를 번역, 발간하고 있는데, 이 양자의 색다른 움직임이 예사롭지 않다. 그 주력이 대기업이 아니라, 오직 한 사람의 아이디어와 정열이라는 것에 나는 관심이 갔다.

무릇 문화는 하루아침에 개화하지 않으며, 불모지대에서 피어나지 않는다. 서구의 등산 문화는 알프스라는 자연 조건이 그 바탕이 되었으며, 일본 역시 일본 알프스가 그 역할을 담당했다고 볼 수 있다. 그러니 자연 조건이 열악한 우리의 경우, 등산 문화를 기대하기는 사실 쉬운 일이 아니다. 그러나 우리도 늦은 가운데 우리의 등산 문화를 생각하지 않을 수 없게 되었다.

등산 문화의 기초는 필경 자연과 인간이다. 자연은 초월적인 존재지만, 인간은 우리의 정서와 열정과 의욕으로 그 힘을 발휘한다. 산악인들의 자유세계가 거기 있다. 앞에 나오는 두 산악인의 책은 그래서 나온 작품인 셈이다.

일찍이 한국산악회가 산악문고를 발간한 적이 있었는데 얼마 안 가서 그 움직임이 중단되고 말았다. 일본산악회는 1975년 창립 70주년 사업으로 그전까지 나온 그들의 산악 명저 수십 권을 복각하며 초판 당시의 모습 그대로 내놓았다. 문제는 그 산악도서들의 내용이다. 근자에 나온 야마케이 문고도 그렇지만, 필자 모두가 산악인 이전에 이른바 지식인이었다. 다시 말해, 문필가, 평론가, 대학교수, 언론계 인사들이었다.

서구 알피니즘이 들어오기 전에 그들은 표고 3,000미터의 일본 알프스를 며칠씩 산속에서 노숙하며 설한雪寒 속을 넘어 다녔다. 나는 긴 세월 서구 알피니즘에 익숙해졌지만 이제 이런 산행기에 도취되고 있다. 알피니즘의 또 다른 세계가 눈앞에 나타난 것이다. 특히 내 마음에 와닿는 것이 몇 권 있다.《산과 계곡 50년》,《풍설의 비박》이며,《산: 연구와 수상》,《산의 팽세》등인데, 모두 유럽 알프스나 히말라야를 모르는 산사나이들의 책이다. 우리와 자연 조건이 아무리 다르다 하더라도, 그런 산행을 하고 그런 기록을 남겼으니 부럽기만 하다.

등산 문화는 등산 세계의 산물이다. 그러나 등산이 생활의 연장이라 해도 일반 사회인에게서는 나오지 않는다. 그들에게는 등산 의식이나 정서가 없기 때문이다. 결국 등산 문화의 주인공은 산사람인데, 그들이 모두 어디에 갔을까. 오늘날 우리 산악인들은 많은 체험을 했다. 울주세계산악영화제에 저명한 알피니스트들도 벌써 여럿 다녀갔다. 우리는 그들과 만나 이야기할 충분한 내용도 있으며, 그런 기회도 생겼다. 문제는 우리에게 있으며, 우리 등산 문화에 있다.

나는 야마케이 문고 50종을 하나하나 보며, 우리 산악계가 걸어온 지난날을 돌아보게 되었다. 그리고 겉은 화려하면서 속은 빈 듯한 것이 그렇게 가슴 아팠고, 이런 서운함을 같이 이야기할 상대가 없는 것이 더욱 서글펐다.

알피니즘에 미래는 있는가

올해도 저물어 가고 있다. 세계가 2,000년을 맞으며 법석을 떨었는데 어느덧 20년이 지났다. 그 사이 알피니즘의 세계는 엄청나게 변했다. 지구상 고산군에서 미답봉이 사라지며 질적 변화를 가져온 것이다. 알피니스트들은 미답벽으로 몰렸지만, 이제 그마저 더 이상 갈 만한 곳이 있어 보이지 않는다. 한편 인간 사회는 과학을 기초로 날로 디지털화하고 있는 반면, 우리 등산 세계는 날로 퇴보해 본래의 모습에서 거의 일탈하고 있다. 알피니스트의 알피니스트다운 모습은 찾아보기가 어려운 지경이다.

지난날 크리스 보닝턴은《에베레스트: 오르지 못한 능선》이라는 책을 썼으며, 보이테크 쿠르티카는 히말라야 자이언트 14개 완등을 도중에 집어치웠다. 단순한 정상 사냥은 의미가 없다며 그는 베리에이션루트 중에서도 오직 아름다운 등반선만 찾아 나섰다.

당시만 해도 고산은 준엄하고 고고했으며 사람들의 접근을 불허했다. 그러던 무대가 이제는 모두 자연성을 잃어 알피니스트가 갈 곳이 없어졌다. 세계 최고봉인 에베레스트에 상업 등반이 성행하면서 진정한 알피니스트들이 그곳을 기피하고 외면한 지 오래됐다. 세월이 흐르면서 세계의 오지가 관광지로 탈바꿈하고 있다는 이야기다.

등산이 생활의 연장으로 변하는 것은 굳이 탓할 일이 아니다. 알피니즘이 알피니스트의 특권이고 배타적이던 시대는 갔으며, 특히 날로 살기 어려워지는 오늘날에는 문명보다 자연과의 관계가 더욱 긴요하게 되었다. 그런 의미에서도 알피니스트는 특이한 존재로 자긍심을 가질 만하다.

그러나 오늘날의 등산가들이 지난날의 선구자들을 추종할 길이 없어졌다는 것은 서글픈 일이다. 헤르만 불이나 발터 보나티를 따라갈 수 없으니 한스럽다. 그들의 무대와 등산 조건이 그 시대로 끝났다는 이야기다. 이제 모험적이고 개척적인 인간의 본성은 무엇을 상대로 할 것인가. 알피니즘의 요체는 자기와의 싸움이며 자기 한계의 극복이다. 근자에 이런 도전에 나선 알피니스트들이 패배하고 사라지고 있으니 한없이 서글프다.

나는 1970년대 후반에 에베레스트와 그린란드를 체험했는데, 그것은 어디까지나 전통적이고 고정적인 어프로치였다. 그러나 당시 그 오지는 여전히 인적미답 같은 황무지로, 창세기 이래의 정적 속에 놓여 있었다. 우리만의 세상이었다. 나는 그 대자연에서 무엇보다도 정일과 무한에 직면했다. 그러던 에베레스트가 오늘날에는 몰려드는 관광 인파로 몸살을 앓고 있으며, 그린란드 빙원은 눈과 얼음이 날로 녹고 있다. 현대문명의 산물인 셈이다.

한때 나는 칼텐브루너의 《8000미터에 대한 정열》을 읽으며, 새삼 그녀의 등산 정신에 끌렸다. 그것은 단순한 알파인 스타일이 아니라 그녀의 독자적인 등산 세계였다. 언젠가 그녀와 같은 등산가를 만난 적이 있었는데, 그는 널리 알려진 샤모니 침봉군에 솟은 당 뒤 제앙을 오르며 '정당한 방법으로'를 생각했다고 한다. 분명 그저 산을 오르고 있지 않았다는 이야기며, 그것이야말로 자기 혁신을 위한 추체험이었다.

1977년 에베레스트 원정은 우리들로서 극히 평범한 것이었으나, 나 자신에게는 별세계의 체험이었으며 내 인생의 새로운 출발점이었다. 그때까지 나는 주말 하이커로 표고 2,000미터가 안 되는 국내 야산도 제대로 오른 적이 없다가 느닷없이 히말라야와 부딪쳤고, 평범한 철학도로 살아오다 어느 순간 알피니스트로 변모했다. 등산은 인생과 같다. 특히 고소 지향성이 그렇다. 등산에는 이른바 키워드가 적지 않은데, 그것은 저명한 등산가뿐만 아니라 이름 없는 산악인의 체험에서도 나온다. 언젠가 등산 잡지에 이런 글이 실렸다. "나는 가지고 싶은 것이 없다. 내게 필요한 것은 자유뿐인데, 그 자유가 내게는 있다." 등산가가 산에 가도 그대로 돌아오지 않는다는 말인데, 실은 그러기도 쉽지 않은 것이 일반 등산가의 세계다.

등산가의 생활의식이나 감정은 사회인과 다르기 마련이다. 그에게는 자연이라는 교과서가 있고 등산 서적이 있다. 산에 가며 그런 세계를 모른다면 그는 어딘가 부족할 수밖에 없는 산악인이다. 감정이 메마르고 사색이 빈곤하다면 그의 등산은 생각만해도 삭막하다.

등산에는 정년이 없다는 것이 내 오랜 주장인데, 등산가가 노후를 맞으며 산과 멀어질 때 어떻게 할 것인가? 나는 갈 곳이 있다. 서재가 바로 그곳으로, 거기에는 낡은 배낭과 자일, 손때 묻은 피켈과 오래된 취사도구들, 그리고 등산 250년의 역사가 담긴 선구자들의 등반기가 있다. 이때 나는 하인리히 하러와 모리스 에르조그, 헤르만 불과 발터 보나티 등과 만난다. 우리가 다시 찾아갈 수 없는 등산 세계가 거기에 아직 그대로 있다.

나는 《8000미터 위와 아래》를 펼치며 울었고, 리오넬 테레이의 등반기 《무상의 정복자》를 보며 무상의 정복이라는 뜻을 알았다. 프랭크 스마이드에게서는 편의성을 배척하는 데에 감동했으며, 발터 보나티가 특히 우러러보였다. 하지만 오늘의 현실을 보면 앞으로는 이런 일이 다시 있을 것 같지 않다. 그래도 우리는 산에 갈 수밖에 없다. 결국 우리는 시시포스처럼 그저 산을 오르고 또 오르는 운명을 지니고 있다. 그러면서 여전히 산은 우리에게 무엇이며, 나는 과연 등산가인가 묻고 있다.

아포리아 같은 이 문제에 대한 답은 필경 알피니즘 250년의 역사에서 찾을 수밖에 없다. 그리고 여기에 알피니스트냐 아니냐 검증이 따라온다고 나는 생각한다. 기도 레이가 "등산은 언제나 초등"이라고 했지만, 거기에 '정당한 방법으로'가 따르지 않으면 오늘날의 등산은 한낱 놀음에 지나지 않을 것이다. 고산군이 날로 관광지로 변하고 등산이 스포츠 클라이밍의 세계로 변질할 때 알피니스트는 어떻게 자기의 존재 이유를 찾을 것인가. 우리가 추구할 것은 이제 고도가 아니고 태도며, '정당한 방법으로'가 승화되어 고차원의 등산 세계를 창출할 수밖에 없다.

세상은 한마디로 살기가 좋아져 이제 부족이나 불편을 모르게 되었다. 일반인에게는 그 이상 바랄 것이 없는 세상이다. 그러나 우리 등산가로서는 그것이 결코 바람직한 세계가 아니다. 등산은 화려한 과학기술 문명과는 다른 세계다. 현대적 편의성이 필요 없을뿐더러 도리어 이것을 배척하고 스스로 고난과 시련을 찾아가게 되어 있다.

최근에도 유명하고 유능한 등산가들이 지구상 오지에서 자연과 싸우다 죽었다. 이 시대에 그들은 왜 그런 오지로 갔을까? 사실은 갈 수밖에 없었을 것이다. 그것이 등산가의 타고난 운명이며 우리가 갈 길이다. '산에 미친다'는 말을 새삼 생각하게 되는 오늘날이다.

몽블랑이 죽음의 지대가 되었다

몽블랑이 느닷없이 죽음의 지대가 되었다. 지난여름 한철에 등산객이 20명이나 죽으면서 그렇게 불린 것이다. 죽음의 지대라는 것은 원래 히말라야 8,000미터 고소를 말하는데, 높이가 그 절반 정도인 알프스가 이제 그렇게 되었다. 그리고 그 문제는 예상 외로 심각하다. 대책이 없다는 이야기다.

　몽블랑은 유명한 산이다. 일반인들에게는 알프스의 최고봉으로 유명하고, 산악계에는 등산의 발생지로 유명하다. 모두 맞는 말이다. 그런데 유명하다는 그 의미가 오늘날 달라지고 있다. 자연으로서의 몽블랑은 예나 지금이나 다름없는데, 진상이 밝혀지기 시작했다. 고고하고 수려한 몽블랑의 만년설 바로 밑이 쓰레기장이며, 찾아오는 사람은 산사나이가 아니고 경박한 취미 등산가들이라고 한다.

　대자연의 오염 문제는 몽블랑이 처음이 아니다. 그 선례는 이미 에베레스트에서 찾을 수 있다. 에베레스트를 오르는 길목인 7,900미터 고소 사우스콜이 지구상 가장 높은 곳에 있는 쓰레기장으로 된 지 오래다. 더구나 고고하고 준엄한 산에 몰려드는 사람 때문에 몸살을 앓는 것도 에베레스트에서 시작된 사회적 현상이다. 이유는 무엇일까. 유명한 산이 지니는 운명일지도 모른다.

유명한 산의 운명은 수난이며, 그 수난은 인공적 침윤과 오염이다. 그리고 여기에 이따금 '운명의 산'이라는 이름도 주어진다. 지난날 낭가파르바트가 독일의 운명의 산으로 불리게 된 이유가 있다. 20세기 초 낭가파르바트가 미답봉이었을 무렵, 이에 도전하던 독일 원정대가 두 차례에 걸쳐 25명이나 되는 희생자를 낸 것이다. 그러나 그것은 진지하고도 숙연한 조난 기록이며, 오늘날의 몽블랑 참사와는 본질과 차원을 달리한다.

낭가파르바트 참사는 히말라야 오지에 있는 8,000미터급 미답봉에 대한 알피니스트들의 도전에서 일어났고, 몽블랑의 경우는 21세기 난숙한 문명권 한가운데에 있는 4,000미터 고소에 유산 기분으로 오른 취미 등산가들 사이에 벌어진 참사다. 전자는 불가침에 대한 필사적인 투쟁이고, 후자는 관광에서 왔다.

몽블랑의 현상은 현대인의 숙명이라는 생각도 없지 않다. 난숙할 대로 난숙한 현대문명 속에서 잠시라도 탈출을 시도하고 싶은 사람이 세계적으로 유명한 산으로 향하는 것은 지극히 당연하며 건전하기까지 하다. 문제는 대자연이라는 산에 대한 인식이며 알피니즘을 제대로 이해하는 일이다. 등산 세계에는 그것을 배우는 과정이 있는데, 현대사회는 그 과정을 생략하고 아

서재의 등산가

예 무시하고 있다. 그리하여 산악회라는 산악인의 단체가 자취를 감추고, 그 자리에 상업 등반대가 나타나서 번창하고 있다.

몽블랑 초등은 1786년의 일로 그때까지 반세기의 세월이 걸렸다. 완전한 미지며 공포의 대상이었다는 이야기다. 물론 세월이 흘렀지만, 오늘날의 몽블랑은 관광으로 또는 취미로 오르는 산이 되어버렸다. 등산로가 일곱인데, 그중 가장 일반적인 곳이 이른바 구테 루트다. 오늘날 몽블랑을 오르는 사람들은 여름 전성기에는 일일 400명, 연간으로는 3만 명으로 추산된다. 그 가운데 알피니스트 1만 7,000명은 북서면으로 오른다.

오늘날 몽블랑에서 연상되는 것은 에베레스트와 마터호른으로, 이 유명한 산에 등산객이 운집해 교통체증을 일으키고 있다. 시대가 바뀌었다고 하지만 그 초등 역사를 아는 사람으로서는 도저히 이해하기 어려운 일이며, 이제 새삼스레 알피니즘을 운운해봐야 소용이 없다는 한탄뿐이다.

몽블랑의 대참사를 특집으로 다룬 독일의 시사지 〈슈피겔〉은 오늘날의 몽블랑 모습을 예의 분석하며, 지금의 알피니즘을 보여주는 상징이라고 했다. 한마디로 알피니즘의 변질이라는 이야기다. 발터 보나티는 산은 산에 가는 사람의 것이라고 했지만, 그 뜻은 오늘날의 현상과는 차원이 다르다.

산이 산사람만의 것일 수는 없지만, 알피니즘이 알피니스트의 세계임에는 틀림없다. 그리고 에베레스트와 몽블랑 등 유명한 산에 몰려드는 군상이 알피니스트가 아닌 것도 부정할 수 없다. 산에서 사고는 흔하다지만, 몽블랑에서 한여름에 20명이 참사를 당한 일은 알피니즘과 관계없이 마땅히 검토해야 할 대상이 된다.

여기 몽블랑과 주변 사회 문제가 떠오른다. 몽블랑 등산을 알선하는 이른바 에이전트의 조직과 역할 이야기다. 현재 이탈리아와 스위스에는 50군데나 전문적인 에이전트가 있으며, 프랑스에는 70개 가운데 20개가 샤모니에 있다. 그들은 몽블랑 등정에 대비해 훈련과 준비, 고소적응 등 필요한 과정을 일주일간 실시하며, 1인당 1,500유로씩 받는데 가이드 비용도 들어 있다.

이런 에이전트들을 찾아오는 고객 수는 엄청나서 그들로서는 도대체 고객 유치에 신경을 쓸 일이 없다고 한다. 몽블랑이 그저 돈벌이 장소라는 이야기다.

날이 갈수록 늘어나는 등산객의 수용을 위해, 프랑스산악연맹은 2013년 3,835미터 고소에 구테 산장을 세웠다. 4층 건물로 시속 300킬로미터의 강풍에 견디는 미래형 디자인을 자랑한다. 이밖에 크고 작은 산장들이 몇 군데 있으며 텐트는 치지 못하게 되어 있다. 산악인의 자유보다는 안전을 위한 조치인 셈이다. 물론 이번의 몽블랑 대형 사고는 그런 숙박 문제와는 직접적인 관계가 없었고, 등산객 개인의 능력 문제였다.

그러나 유명한 산으로 무조건 몰려드는 군상을 어떻게 대할 것인가는 산악계를 떠나 사회의 문제며, 이에 대해 몽블랑 주변에 있는 소도시의 행정 책임자는 오늘날 몽블랑의 자유는 바보들의 것이라고 격한 어조로 비난한다. 전 세계의 자랑이자 프랑스의 자랑인 알프스 최고봉 몽블랑이 문제를 일으키자 관계 당국에서는 서둘러 대책을 모색하기 시작했다. 그대로 놔둘 수 없을 정도로 문제가 심각해졌다는 이야기다. 무조건적인 자유에서 관리된 자유의 방향으로 등산객을 돌보기로 했으며, 앞으로 모든 등산객은 반드시 가이드와 동행할 것과 산장을 예약하지 않으면 입산을 금지한다는 것이다. 한편 경찰 당국에서는 산에서 야영하는 등산객은 바로 하산시킨다는 방침까지 고려하고 있다고 한다. 그런데 이런 관리가 하루 수백 명의 등산객이 여러 루트로 오르내리는 오늘의 상황에서 제대로 구속력을 발휘할 수 있을까.

산에서 사람은 누구나 자유롭다는 것이 알피니즘의 원리원칙이며, 그때 인간은 자율적이다. 등산가가 대자연 속에서 자기 한계와 싸우는 것은 자율적이며, 거기에는 규정이 있을 수 없다. 등산객 관리의 어려움이 여기에 있다.

오래전에 읽은 기사가 생각났다. 몽블랑에 어린아이를 등에 업고 올라가는 사람이 있다는 정보에 경찰이 헬기로 추적해 아래로 끌어내렸다는 것이다. 이와 똑같은 일이 이번에도 있었는데, 역시 프랑스 경찰 당국에서 등반 중인 오스트리아인과 다섯살 난 아들을 하산 조치했다. 어린것을 양육하는 부모의 입장은 이해하지만, 도대체 고산이 어떤 곳이며, 그것이 인체에 어떤 영향을 미치는지는 전혀 고려하지 않는다는 이야기다.

샤모니 산악구조기관의 책임자는 몽블랑 문제는 해결할 길이 없다고 한탄한다. 몽블랑에 모여드는 군상들은 모험과 위험을 구분할 줄 모른다는 이야기다. 오늘날 몽블랑에서 구조헬기가 하루 30회나 출동하는 현실이 이 모든 것을 말하고 있다.

산에는 자유가 있다. 그러나 산의 자유는 알피니스트의 자유며, 취미 등산가의 것은 결코 아니다. 자유를 누릴 수 있는 자에게만 자유가 있다.

산을 너무 가볍게 여긴다

'알프스 등반을 너무 가볍게 여긴다'는 기사가 최근 독일 시사주간지에 실렸다. 사십 대 남자들이 산에 대한 지식이나 체험 없이 나서고 있어 희생자가 많이 나온다는 이야기다. 지식이나 체험이 없다는 것은 그들이 산악인이 아니라는 것이겠지만, 산에 갈 때 필요한 장비는 물론이고 산의 기상 변화 등을 전혀 생각하지 않는다고 한다. 마터호른을 오르려는 사람이 아무런 준비도 없이 마치 나들이하는 기분으로 오는 사람들이 많다고 회른리 산장 관리인이 말한 적도 있다.

알프스 산록에 사는 사람들은 산의 기상 변화가 얼마나 무서운지 알고 있으며, 그것은 예측할 수 없다고 한다. 그런데 외부에서 알프스를 찾아오는 사람들이 날로 늘어가고 있고, 그들은 이런 일에 대해 거의 무관심하다. 최근에 티롤 지방의 노르트하임베스트팔렌을 오르던 클라이머 셋이 추락하는 사고가 있었다. 전문가들 말로는 그들의 아집과 자기 과신 그리고 기상 변화에 대한 무관심이 그런 화를 불렀다고 한다. 티롤 지방의 구조대원은 올해에만 수백 명의 행락객이 지친 나머지 구조를 요청했다고 하는데, 대부분 필요한 장비를 갖추지 않았으며, 가벼운 나들이 차림에 알펜슈톡 하나 들었을 뿐이라고 한다. 오늘날 알프스를 찾는 사람들은 거의 다 케이블카로 높이 오른다. 독일산악연맹의 한 관계자는 알프스에서 사고를 당하는 사람들은 대부분 평소 등산과 거리가 먼 사람들이라고 한다. 다만 스마트폰이 있어, 언제나 구조를 요청할 수 있다고 스스로를 지나치게 믿는 것이 문제라고 한다.

티롤 지방의 구조대장은 산에서 일어나는 문제는 하루아침에 해결되는 것이 아니며, 특히 자연의 횡포가 더 무섭다고 한다. 최근 수년 동안 산에서 일어난 문제는 기상 변화 때문인데 자연은 정말 알다가도 모를 일이다. 기상이 악화될 때 으레 산사태가 가세하는데, 암석지대가 붕괴하며 낙석이 심하게 발생한다. 최근에는 빙하의 후퇴 현상까지 일어나고 있다. 바이에른에서는 지난 주말에 25세의 여성이 죽었는데, 그녀는 티롤의 베르파일요흐에서 내려오던 중 암벽이 무너져 희생됐다.

알프스에서 이런 달갑지 않은 사태가 자주 일어나는 것은 예전과 달리 사람들이 산이라는 자연에 대해 스스로 느껴야 하는 책임감이 덜한 데서 기인한다. 오늘날 구조기관이 잘 정비되어 있고 보험제도와 고성능 장비는 물론, 스마트폰 등으로 자신의 안전 문제를 과신하거나 착각하고 있다. 사람들은 '사고가 나면 바로 헬기가 뜬다'는 기분으로 산에 간다. 그런데 이것은 날씨가 좋을 때 이야기다.

최근에 우리 주변에서도 해외에 나갔던 클라이머들의 추락 사고가 잇따랐다. 장소는 알프스와 파키스탄 히말라야 등지였지만, 그런 일이 생길 때마다 산악계는 할 말이 없다. 그들의 사고는 산을 몰라서 일어난 것이 아니어서 더욱 그렇다. 결국 이때 사고에 대한 책임은 누구에게 묻는 것이 아니라 산악인 스스로가 지게 된다. 산악인의 조건이요 운명인 셈이다. 여기에 등산 세계의 특성이 있으며 산악인들의 남다른 인식이 있다. 즉, 산악인인 우리는 평소 산악인으로서의 지식과 기술 그리고 체험을 꾸준히 쌓아 나가는 사람이라는 생각이다. 대자연에서 마주치는 시련을 이기고 넘어서기 위해서 그렇게 인식하는 것이다.

최근 외신이 전하는 알프스에서의 빈번한 사고 이야기는 따지고 보면 우리 산악인과는 직접 관계가 없다고 할 수도 있다. 적어도 우리는 알프스를 갈 때 나들이 차림으로 떠나지는 않기 때문이다. 그러나 산악기상 문제는 조금 다르다. 물론 우리가 산악기상을 우습게 여기는 일은 없겠지만, 산속에서 예측하지 못한 기상악화가 일어나면 어떻게 할 것인가.

얼마 전 일본 알프스에서 국내 산악인 네 명이 조난사했다. 지방 연맹에 속한 그들은 그런대로 산을 아는 사람들이었다. 연령으로나 소속으로나 중견 산악인이었는데, 표고 3,000미터의 일본 알프스에서 조난을 당했다. 국내의 산만 다니던 사람들이 이웃 일본 알프스를 가볍게 본 셈이다.

지금 한국 산악인들은 표고 2,000미터도 안 되는 저산지대에서 자라고, 일약 히말라야에 진출해 상당한 성취를 거듭하고 있다. 그간 적지 않은 어려움도 있었으나 자신의 처지를 알고 평소 산에 대한 지식과 체험을 쌓는 데 애썼다. 그러는 가운데 겪는 어려움이나 불행은 산악 세계의 본질에 속하는 일로 여길 수밖에 없다.

알피니즘의 속성이나 조건이란 원래 산악인들이 알아서 극복할 일이고, 그것이 또한 그 세계의 매력이기도 하다. 우리는 그런 사실을 오랜 등산 역사에서 보고 있으며, 근자에도 우리 주변에서 비슷한 일들이 일어나 가슴이 아프다. 그러나 이번에 외신이 전하는 알프스에서의 다양한 참사는 그것과는 다른 이야기다. 산을 몰라도 너무 모르는 데서 오는 경박함이 문제였다고 생각한다. 기사에 따르면 보통 사회에서 일에 쫓기는 사십 대들이 모처럼 기분전환으로 알프스에 갔다가 당한 일들이다.

우리 산악인은 알프스라고 하면 으레 3대 북벽을 연상하는데 일반 행락자들은 보통 좋은 날씨에 케이블카를 타고 표고 4,000미터 가까이 오르거나 주변 산길을 배회한다. 유럽에서 유행하는 이른바 '반데룽'인데, 이런 행차에서 사람들은 누구나 가벼운 차림에 알펜슈톡 하나 들고 나선다. 알프스의 반데룽 코스는 잘 정리되어 있고 곳곳에 휘테(산장)가 있다. 그러나 알프스는 알프스이다. 이에 대한 지식이나 자기관리 능력 정도는 누구나 갖추고 있어야 한다. 그중에서도 가장 무서운 것이 예측할 수 없

서재의 등산가

는 기상 변화다.

알프스에서의 기상 변화로 일어난 참사를 그곳 등반사에서 많이 보고 있지만, 그중 가장 애석한 것이 20세기 중반 몽블랑 프레네이 중앙 필라에서 벌어진 프랑스와 이탈리아 합동 팀의 참사다. 유명한 발터 보나티만 제대로 살아나고 일행 중 5명이 사망했으며, 프랑스 팀 리더는 거의 죽어서 돌아온 그 무서운 대참사로 그야말로 불가항력적인 천재였다.

통계에 따르면 조난 사례는 변동이 거의 없으며, 올 여름에도 남 티롤 지방에서만 사망자가 22명이나 나왔는데, 거의 낙석과 추락이 원인이었다고 한다. 한편 동부 오스트리아 알프스에서도 30명 가까운 희생자가 발생했고, 지난해 같은 계절의 숫자와 비슷했다. 문제의 심각성은 이밖에도 있다. 독일산악연맹DAV에 의하면 이 조직에 가입한 회원 희생자가 해마다 40명 정도라는 것이다. DAV 회원이라면 적어도 어엿한 산악인일 것이며, 그들이야말로 누구보다도 산을 알고 지식이나 체험을 가진 사람들일 것이다. 히말라야나 알프스는 이곳에는 문명사회와 다른 위엄과 위험이 엄연히 공존하고 있다는 것을 끊임없이 말하고 있다.

내가 본 山書의 세계

리카르도 캐신의 책 번역을 얼마 전에 마쳤다. 이것으로 오랜 세월 해오던 등산 선진국의 책들을 옮기던 일을 끝내고 싶었다. 알피니즘 250년 역사에 걸쳐 나온 책다운 책을 나로서는 그런대로 옮긴 기분이다.

1960년대 초에 싹트기 시작한 우리나라 등산 세계는 늦어도 이만저만 늦은 것이 아니지만, 그 뒤 놀라운 발전을 거듭해서 선진 대열에 끼었다. 이것은 사실인데, 실은 겉보기에 그랬을 뿐 속은 여전히 성숙하지 못했다는 것이 내 생각이다. 넓고 다양한 활동에 비해 특기할 만한 성취 기록이 별로 없다. 시대는 확실히 달라졌다. 알피니즘이 변하면서 알피니즘과 투어리즘의 한계가 모호해졌다. 인간의 생존 환경과 조건에 엄청난 변화가 일어났으나 그런 속에서 우리는 살고 있다는 모습을 보여야 한다는 것이 나의 생각이다.

산악인의 인생은 남다르다. 우리는 산에 가도 남들과는 다르며, 내게는 적어도 그런 자부심과 긍지가 있다. 그동안 나는 등산 선진국의 선구자들이 쓴 글을 많이 읽었고, 그들이 남긴 이름 있는 책들을 우리말로 옮기려고 노력했다. 등산 선진국이라면 영국과 독일, 프랑스와 이탈리아 등이다. 이것은 유럽 알프스를 가까이 둔 입지 덕분이겠지만, 오랜 세월 미지의 대자연과 싸우며 남긴 그들의 등반기에서 지금까지 많은 것을 배우고, 나의 후기 인생을 발견했다.

역설적인 이야기지만, 나는 에베레스트를 다녀오며 산에 대한 책을 읽고 글도 쓰기 시작했다. 새로운 세계를 안 셈이다. 나는 산서를 많이 가지고 있는데, 이것은 어려서부터 책을 좋아했던 생활의 연장이다. 다만 스스로 다행으로 여기는 것이 있다면, 대학에서 서양철학을 공부하며 자연스레 독일어를 알게 된 점이다. 그래서 독일 계통 서적에 먼저 끌렸다. 이상하게도 독일어 등반기는 어느 책보다 나를 사로잡았으며, 특히 헤르만 불의 《8000미터 위와 아래》는 대표적인 책이다.

같은 독일어 책인 라인홀트 메스너의 것도 여러 권 옮겼지만 그런 경험은 별로 없었다. 물론 등반기가 아니면서 나를 울린 것도 있다. 일본의 히말라야 산악사진 작가의 글인 〈네팔의 맥주〉를 읽으며 얼마나 울었는지 모른다. 결국 남달리 눈물이 많은 것 같은데, 나의 감성에서 오는 것이니 할 말이 없다.

주문진 바닷가에 카페 '고독'이 있다. 일찍이 내가 옮긴 라인홀트 메스너의 낭가파르바트 단독 등반기 《검은 고독 흰 고독》에 심취한 젊은 산악인이 카페를 내며 이름을 그렇게 붙였다고 한다. 언젠가는 멀리 지방에서 메스너의 책을 구할 길이 없다고 알려오는가 하면, 내 글에 나온 어느 메조소프라노의 「겨울은 이렇게 빨리 와야 하나」의 곡을 알고 싶다고 한 독자도 있었다. 한편, 내가 처음으로 낸 수필집 《우리는 산에 오르고 있는가》를 알프스까지 가지고 간 클라이머도 있었다. 이런 일들은 글을 쓰는 사람의 자랑 이전에 무거운 책임을 느끼게 한다.

나는 많은 산악인을 알고 있다. 그 가운데 이런 사람도 있었다. 그는 직장에 휴가를 내고, 어느 해 여름을 샤모니와 체르마트에서 보냈는데, 그때 당 뒤 제앙을 오르며 '정당한 방법으로'를 생각했다고 한다. 1980년대 후반 머메리가 이 침봉에 도전하며 남긴 말인데, 나는 이 멋진 키워드를 메스너의 《검은 고독 흰 고독》에서 처음 알았고, 이어서 헤르만 불의 《8000미터 위와 아래》와 머메리의 《알프스에서 카프카스로》에서 재확인했다. 얼마 전 제주도에서 열린 고상돈 추모 행사에 참석했을 때 한 여성이 다가와서 역시 이 격언에 대해 알고 싶다고 말해 또 한 번 놀란 적이 있다.

나는 산악계 원로로 대우받지만 실은 나이가 많다는 것뿐이며, 산악인으로 뜻하지 않게 에베레스트와 그린란드를 체험한 정도고, 그밖에 이렇다 할 일을 하지 못했다. 다만 해온 것이 있다면 책을 읽고 글을 써왔다는 것이 아닐까. 그러나 이것은 굳이 내세울 만한 일이 아니며, 산악인이란 으레 그렇게 살게 되어 있을 따름이다.

서재의 등산가

내 책상머리에 "김영도 산서 30년 기념회"라는 패가 있다. 2009년 당시 대한산악연맹 이인정 회장의 배려 덕분이었는데, 나는 그것을 계기로 펜을 놓으려 했다. 그런데 우리 주변에 아직도 발터 보나티와 리오넬 테레이, 리카르도 캐신의 책이 없다는 것이 어느 날 마음에 걸렸다. 그들을 안 지는 오래지만 어쩐 일인지 그들의 책이 단 한 권도 우리 주변에 없었다. 결국 나는 영어판과 독일어판을 구해서 중역을 하기 시작했다. 이것은 어떤 변명 이전에 우리의 수치며, 우리가 문화 후진국임을 말하는 것 외에 아무것도 아니다.

1980년대에 나는 메스너의 낭가파르바트 단독 등반기를 옮긴 후 그의 책을 여러 권 번역했다. 메스너는 2014년 칠순을 맞아 처음으로 산행기가 아닌 인생론을 내놓았고, 이어서 2015년 마터호른 초등 150주년에 즈음해 색다른 책을 썼다. 메스너의 책에는 더 이상 관심이 없지만, 이런 책들을 보는 순간 마음이 동했다. 이렇게 해서 《나의 인생 나의 철학》이 나왔고, 마침내 지난날 울주세계산악영화제에서 메스너와 만났다.

메스너가 표고 2,000미터도 안 되는 한국에 관심이 있었을 리 없다. 그러나 이런 나라에서 자기 책에 대한 열띤 독자들이 있다는 것을 이번에 느꼈으리라. 내가 아쉬워하는 것은 그가 동해안 카페 고독을 모르고 갔다는 점이다. 이 지구상 어디에 자기 책의 제목을 따서 이름을 붙인 카페가 또 있겠는가.

나는 알피니스트로 살아왔다

만일 사람을 두 부류로 나눈다면, 나는 산에 가는 사람과 가지 않는 사람으로 크게 나누고 싶다. 인간은 각양각색이라고 하는데 이것만은 확실하고 분명한 것 같다. 나는 전자에 속하는 셈이다. 인생 후반기에 들어서며 등산을 주제로 글을 쓰기 시작했고, 사람들 앞에서 이야기하는 일이 많아졌다. 1977년에 에베레스트를 다녀오고 나서 산악인으로 알려졌지만, 나 자신은 그렇게 생각하지 않는다.

1970년대 초 우연한 일로 대한산악연맹의 요직을 맡게 되었는데 당시만 해도 산에 대해서 몰랐고, 산악계에서도 이단자나 국외자와 다름없었다. 사실 산이라고 오른 데가 별로 없었다. 에베레스트에 가기 전에는 그저 주말, 서울 근교의 산을 두루 다녔다. 다만 남들과 다른 점이 있었다면 일본 등산 잡지를 열심히 보고 있었다는 것이다. 거기서 알프스와 히말라야를 알게 되었다. 그 무렵 우리 산악계에는 자일이나 피켈, 아이젠 등 등산용어는 널리 알려져 있었으나 그밖에 서구의 등반 사정은 거의 모르다시피 했다. 해외 정보를 얻을 길이 없었던 것이다.

1970년대 초, 내게 일약 등산가로 변모하는 날이 왔다. 전국에 산장 건립(35개)을 추진하면서 나의 인생이 이륙하게 된 것이다. 그때까지 즐겨 보던 일본 등산 잡지에서 서구 알프스의 산장Hütte에 마음이 끌려, 비록 야산이지만 우리나라에도 이런 것이 있으면 얼마나 좋겠는가 생각했던 것이다. 당시 집권당인 민주공화당 선전부장이라는 요직에 있어서 이런 일을 대국민 사업으로 벌일 수 있겠지만 이 일로 산악연맹에서 나를 끌어들였는데, 마침 산악연맹이 히말라야 로체샤르(8,383m) 원정 자금난으로 허덕이고 있을 때였다. 물론 나는 그런 줄도 모르고 끌려갔다가 그들의 문제를 당시 박정희 대통령께 품신해 로체샤르 원정의 길을 열었고, 바로 그때 에베레스트 입산 허가 신청도 하게 되었다.

1977년 한국의 에베레스트 원정은 이렇게 해서 시작됐으며, 결국 그 일의 추진도 내가 맡아 모든 책임을 지게 되었던 것이다. 내가 설악산과 지리산을 안 것도 그때였다. 그런 사람이 세계 최고봉에 느닷없이 도전한다는 것은 말도 안 되는 일이었으나 내 생각은 달랐다. 설악산이나 지리산을 잘 탄다고 알프스나 히말라야를 가는 것이 아니다. 그 고봉들의 문제를, 그 세계를 아는 것이 무엇보다 중요했다. 인간의 체력에는 한계가 있고, 우리는 산을 알고 이에 대한 대비가 중요하다고 생각했다. 우선 나는 유명한 외국 에베레스트 등반기를 탐독하고, 그야말로 불모지나 다름없었던 여건에서 모든 문제를 처리하며 원정에 대비했다.

당시 산악인들은 젊었고 원정에 대한 의욕과 정열은 넘쳤지만 원정 준비에 관한 한 나를 믿을 수밖에 없었다. 원정 과정에는 어려움이 많았지만 운영의 묘와 날씨 덕으로 결국 그 일을 해냈다. 이런 에베레스트 체험을 계기로 일개 철학도로 지내오던 인생이 하루아침에 산악인으로 변모하기 시작했다. 나는 알피니즘의 개념과 그 세계에 관심을 가졌고, 선진 등산의 정보를 구체적으로 파헤쳐 나갔다.

라인홀트 메스너의 《검은 고독 흰 고독》이 나온 것은 그 무렵이었다. 그는 1978년 에베레스트를 무산소로 오르고, 이어서 8,000미터급 고봉인 낭가파르바트를 알파인 스타일로 단독 등정했다. 세계 알피니즘의 역사에 일대 전기를 가져오는 사건이었다. 나는 그 등반기를 우리말로 옮기며, 나 자신의 등산 개념을 일신하자 새로운 등반 세계가 눈앞에 전개됐다.

나는 에베레스트에서 돌아온 후 바로 등산연구소를 열고, 등산 선진국의 고전적 등반기를 번역해 나갔다. 에드워드 윔퍼의 《알프스 등반기》를 비롯해서 널리 알려진 산악 고전들을 우리 산악계에 소개하기 시작했다.

나는 뒤늦게 국내 야산을 오르며 선구자들의 체험에 감정이 입하는 수밖에 없었다. 그러나 다행히 히말라야와 그린란드 북극권을 체험하면서 수직의 세계와 수평의 세계가 어떤 것인지 알았다.

한편 산악 수필을 그때그때 써 나갔는데, 이것은 나 자신의 알피니즘 이해와 알피니스트로서의 검증이나 다름없었다. 등산은 학문이 아니며, 특히 과학과는 거리가 멀다. 그렇다고 스포츠도 아니다. 나는 알피니즘이 우리 인생을 규제하는 생활양식이며 방법이라고 본다. 현대문명과 대자연 사이에서 살아가는 우리로서 무엇보다도 인간의 생존권을 지배하는 것은 대자연이며 알피니즘이라는 이야기다.

나는 알피니즘의 시대적 추이 속에서 자기의 한계를 느끼며 지금 인생의 후기를 살고 있다. 그러다 결국 나의 지식과 체험의 세계가 한계에 부딪히게 되었다. 그러나 후회도 실망도 없으며, 그저 지금까지 걸어온 알피니스트로서의 길을 조용히 회고하고 있다.

오늘날 히말라야는 있어도 옛날의 히말라야가 아니며, 도전과 모험의 시대는 갔다. 그러나 알피니즘의 정신은 쇠퇴하지 않고 있다. 인간의 본성이 그것을 용납하지 않는다는 이야기다. 나는 그런 시대적 추이, 변화하는 알피니즘 세계 속에서 위대한 선구자들이 남긴 유산을 내 파트너로 삼고 살고 있다. 나는 철학도이자 등산가로 내 인생을 살아왔으며 앞으로도 그렇게 살아가려 한다.

이 책에 나온 산서

※ 본문에 언급된 책을 근간 위주로 정리했다.

가스통 레뷔파(Gaston Rebuffat), 《별과 눈보라》(Starlight and Storm:
   The Ascent of Six Great North Faces of the Alps), Modern Library
   Exploration, Random House, 1999. 51   44, 159, 160, 185

가스통 레뷔파, 《설과 암》(On Snow and Rock), Oxford University Press,
   1971.   185

겔린데 칼텐브루너(Gerlinde Kaltenbrunner), 《8000미터에 대한 정열》
   (Mountains in My Heart: A Passion for Climbing),   Mountaineers Books,
   2014.   222

곽정혜, 《선택: 스물여섯 청춘의 에베레스트》, 종이와붓, 2016.   28, 29, 32

구시다 마고이치(串田孫一), 《산의 팡세》(山のパンセ), 山と渓谷社, 2013.   93,
   219

기도 레이(Guido Rey), 《마터호른》(The Matterhorn), Wentworth Press, 2019.
   159

김병준, 《산을 바라보다》, 선, 2019.   54

김병준, 《K2: 하늘의 절대군주》, 수문출판사, 2012.   28, 30, 31

김영도, 《산의 사상》, 수문출판사, 1995.   75, 198

김영도,《우리는 산에 오르고 있는가》, 수문출판사, 1990. **238**

김영도,《하늘과 땅 사이》, 사람과山, 2000. **161**

김장호,《나는 아무래도 산으로 가야겠다》, 평화출판사, 1977. **56**

김장호,《우리 산이 좋다》, 베틀북, 2000. **51**

김장호,《한국명산기》, 평화출판사, 1993. **51, 56, 115**

남난희,《하얀 능선에 서면》, 수문출판사, 1990. **19, 105**

라인홀트 메스너(Reinhold Messner), 김영도 옮김,《검은 고독 흰 고독》(Die weiße Einsamkeit: Mein langer Weg zum Nanga Parbat), 필로소픽, 2019. **59, 103, 132, 163-165, 202, 237, 238, 242**

라인홀트 메스너,《나는 한계에서 살았다》(Mein Leben am Limit), Malik Verlag, 2004. **72, 82**

라인홀트 메스너, 김영도 옮김,《나의 인생 나의 철학》(Über Leben), 하루재클럽, 2016. **164, 166, 239**

라인홀트 메스너, 선근혜 옮김,《정상에서: 편견과 한계를 넘어 정상에 선 여성 산악인들》(On Top: Frauen ganz oben), 문학세계사, 2011. **154**

리오넬 테레이(Lionel Terray), 김영도 옮김,《무상의 정복자》(Conquistadors of the Useless), 하루재클럽, 2016. **44, 99, 223**

리카르도 캐신(Riccardo Cassin), 김영도 옮김,《리카르도 캐신의 등반 50년: 등반의 역사를 새로 쓴》(50 Year of Alpinism), 하루재클럽, 2017. **175, 181**

릭 리지웨이(Rick Ridgeway),《터무니없는 몽상》(The Boldest Dream), Harcourt, Brace & World, 1979. **210**

마운티니어스(The Mountaineers), 스티븐 폭스(Steven M. Cox), 크리스 풀사스(Kris Fulsaas) 엮음, 정광식 옮김,《마운티어니어링: 산의 자유를 찾아서》(Mountaineering: the freedom of the hills), 해냄출판사, 2006. **33**

박정헌,《끈: 우리는 끝내 서로를 놓지 않았다》, 열림원, 2005. **35**

발터 보나티(Walter Bonatti), 김영도 옮김,《내 생애의 산들》(Berge meines Lebens), 조선매거진, 2012. **44, 45, 85, 99, 173, 180**

버나데트 맥도널드(Bernadette McDonald),《자유의 예술》(Art of Freedom: The Life and Climbs of Voytek Kurtyka), Rocky Mountain Books, 2017. **38**

버나데트 맥도널드, 신종호 옮김,《Freedom Climbers》, 하루재클럽, 2017. **37**

빌리 바우어(Willi Bauer),《K2: 빛과 그늘》(Licht und Schatten am K2), Umschau, Ffm, 1997. **31**

손경석,《산 또 산으로》, 수문출판사, 1991. **8**

아키라 마쓰나미(松濤明),《풍설의 비박》(風雪のビバ_ク), 朋文堂, 1960. **79, 145-147, 151, 219**

앨버트 머메리(Albert Mummery), 오정환 옮김,《알프스에서 카프카스로》(My Climbs in the Alps and Caucasus), 수문출판사, 1994. **238**

에드워드 윔퍼(Edward Whymper), 김영도, 김창원 옮김,《알프스 등반기》(Scrambles amongst the Alps in the years 1860-1869), 평화출판사, 1988. **44, 45, 242**

에밀 자벨(Emile Javelle), 김장호 옮김,《어느 등산가의 회상》(Erinnerungen eines Bergsteigers), 평화출판사, 1991. **44, 46, 74**

예지 쿠쿠츠카(Jerzy Kukuczka), 김영도, 김성진 옮김,《14번째 하늘에서》(Im vierzehnten Himmel), 수문출판사, 1993. **38**

오시마 료키치(大島亮吉),《산: 연구와 수상》(山: 研究と隨想), 大修館書店, 1975. **46, 219**

오이시 아키히로(大石明弘), 김영도 옮김,《태양의 한 조각: 황금피켈상 클라이머 다니구치 케이의 빛나는 청춘》(太陽のかけら: ピオレドール・クライマ_ 谷口けいの青春の輝き), 하루재클럽, 2020. **136, 138-140**

이반 슈나드(이본 취나드, Yvon Chouinard), 김영도 옮김,《아이스 클라이밍》(Climbing Ice), 평화출판사, 1986. **55**

정광식,《영광의 북벽: 아이거 북벽 등반, 그 극한의 체험》, 이마운틴, 2017. **33**

조 심슨(Joe Simpson),《고요가 부른다》(The Beckoning Silence), Vintage,

2003. **71, 181**

조 심슨, 정광식 옮김,《친구의 자일을 끊어라》(Touching the Void), 산악문화, 1995. **26, 33-35, 42, 85, 150, 181**

존 크라카우어(Jon Krakauer), 김훈 옮김,《희박한 공기 속으로》(Into thin air), 황금가지, 1997. **43, 212**

쿠르트 딤베르거(Kurt Diemberger), 김영도 옮김,《산의 비밀: 8000미터의 카메라맨 쿠르트 딤베르거와 알피니즘》(Gipfel und Geheimnisse), 하루재클럽, 2019. **52, 55, 63**

쿠르트 딤베르거,《K2: 꿈과 운명》(K2: Traum und Schicksal), Bruckmann, 2001. **31**

크리스 보닝턴(Chris Bonington), 찰스 클라크(Charles Clarke),《에베레스트》(Everest: The Unclimbed Ridge), W.W. Norton & Company, 1984. **160, 220**

토니 히벨러(Toni Hiebeler),《마터호른》(Matterhorn: Von der Erstbesteigung bis heute), Bertelsmann Lexikon-Verlag, 1976. **60**

하인리히 하러(Heinrich Harrer),《하얀 거미》(Die Weiße Spinne: Das große Buch vom Eiger), Ullstein Taschenbuch, 2001. **44, 82, 176**

한스 카머란더(Hans Kammerlander),《베르크쥐흐틱》(Bergsüchtig), Piper, 2000. **60**

헤르만 메거러(Hermann Magerer),《산을 오르고 내려오며》(Bergauf Bergab), Bergverlag Rother, 2003. **198**

헤르만 불(Hermann Buhl), 김영도 옮김,《8000미터 위와 아래》(Achttausend drüber und drunter), 수문출판사, 1996. **45, 83, 99, 159, 173, 223, 237, 238**

후카다 규야(深田久弥),《일본백명산》(日本百名山), 新潮社, 1964. **50, 197**

서재의 등산가

1판 1쇄 발행 2020년 9월 10일

지은이 김영도
기획 김동수
펴낸이 심규완
책임편집 문형숙
디자인 문성미

ISBN 979-11-91037-01-2 03810

펴낸곳 리리 퍼블리셔
출판등록 2019년 3월 5일 제2019-000037호
주소 10449 경기도 고양시 일산동구 호수로 336, 102-1205
전화 070-4062-2751 팩스 031-935-0752
이메일 riripublisher@naver.com

블로그 riripublisher.blog.me
페이스북 facebook.com/riripublisher
인스타그램 instagram.com/riri_publisher

이 도서의 국립중앙도서관 출판예정도서목록(CIP)은 서지정보유통지원시스템 홈페이지(http://seoji.nl.go.kr)와 국가자료공동목록시스템 (http://www.nl.go.kr/kolisnet)에서 이용하실 수 있습니다.(CIP제어번호: CIP2020035976)